集英社オレンジ文庫

映画ノベライズ

青空エール

下川香苗
原作／河原和音
脚本／持地佑季子

CONTENTS

青空エール

映画ノベライズ

YELL FOR THE BLUE SKY

青空エール
映画ノベライズ
YELL FOR THE BLUE SKY

～プロローグ～

青くひろがる空。

旗をたなびかせる浜風。

その光景を見たのは、まだ小学生のときだった。


甲子園出場をはたした市内の高校を応援するために、たくさんの人が公民館にあつまってテレビに見入っていた。

海を越えて送られてくる、熱戦の中継映像。

土に汚れたユニフォームの選手たちが、力いっぱいバットを振り、全速力で走り、白球を追っている。

画面が切り替わってスタンドが映し出されると、そこには、吹奏楽部《すいそうがく》員たちが一心に演奏するすがたがあった。

ふりそそぐ陽射しに顔をほてらせ、汗をにじませながらも、まっすぐに前を向いて奏《かな》でつづけている。真夏の太陽をうけて、トランペットが金色に光をはじいて、高く、高く、青空へ向かって音が飛んでいくのが見えるようだった。

その光景がまぶしくて、目が離せなくて、胸が高鳴ってきて……。

そして、心に決めた。

いつか、私もあの場所へ行きたい。

いつか、あのアルプススタンドで、青空へ向かって音を響かせたい。

1　約束

『北海道札幌白翔《さっぽろしらと》高等学校　入学式』

四月初め、よく晴れた空にふわりと白い雲が流れている日。

極太《ごくぶと》の筆文字で書かれた看板が立っている校門をめざして、小野《おの》つばさはうつむきがちに歩いていた。つばさの目には、さっきからずっと、薄紅《うすべに》色をした桜の花びらが散ったアスファルトと真新しいローファーばかりが映っている。

後ろからやってきた生徒が、追い抜きざま、つばさの肩にぶつかった。

「ご、ごめんなさい……」

ぶつかってきたのは向こうなのに、つばさのほうからあやまってしまう。でも、ぶつかった生徒はつばさに目をとめることもなく、足早に先へ行ってしまった。

つばさはふーっと息をついて、やっぱり高校生って堂々としてるなあ、と感心してから、私も今日から高校生なんだっけ、と思いなおした。

この高校へは、中学のときのクラスメイトもきていないし、家から通うのにとくに便利なわけでもない。担任教師や両親からは、「もっとらくに通学できるところへ行けばいいじゃないか」と言われたけれど——。

それでも、この白翔高校を受験したのには理由があった。


正面玄関から校舎へ入って、あたりを見まわしながら、つばさはゆっくりと廊下《ろうか》を歩きはじめる。

しばらく行ったところで、少し先に、なにかキラキラしたものが目にとまった。吸いつけられるように、足を速めてそちらへ歩み寄ってみると、それはガラス張りの展示ケースだった。

どっしりとした盾やトロフィーが、数えきれないほど飾ってある。

そのなかに、同じような形をしたトロフィーがいくつもまとまって置かれていた。紅白のリボンが結ばれているトロフィーの台座を見ると、それらはすべて吹奏楽部が獲《と》ったものので、『金賞』の文字が彫りこまれている。

「かっこいい……」

こんなにたくさん、やっぱり、白翔の吹奏楽部ってすごい……。金色に輝くトロフィーに見入りながら、つばさがつぶやきをもらしたとき、

「かっこいい」

すぐそばから、まったく同じつぶやきが聞こえた。

横を向くと、丸刈りにした男子生徒がすぐそばに立っていた。男子生徒が着ている制服のブレザーはしみひとつなく、生地にも張りがあって、どうやらつばさと同じく新入生らしい。

「やっぱ白翔ってすごいよなぁ」

その男子生徒は展示ケースの中を指さしながら、つばさへ話しかけてきた。

「あ、はい」

初対面なのにものおじしない子だなあと思いながら、つばさもうなずく。そして、つばさと男子生徒は同時に口を開いた。

「野球」

「ブラバン」

おたがいに、あれっ、という表情になる。

「そっか、白翔は吹奏楽も強いもんなぁ」

男子生徒は、うん、うん、とうなずいてつづけた。

「俺さ、小学生のとき、白翔が甲子園《こうしえん》に出てたの観ててさ。最終回、五点ひっくり返してさ——」

「そ、それ、私も観てました！」

思いがけないことを言われて、つばさはさえぎるようにしていきおいこんだ。

「え？　ほんと？」

「その試合、いっぱい負けてて、でも、選手もスタンドもあきらめてなくて、空に音が飛んでて、トランペットが光ってて、すごくいいなって！　それで、白翔の吹奏楽部にあこがれて……」

「俺もだよ！　あの試合観て、白翔に入りたいって！」

つばさと男子生徒はまばたきも忘れたようになって、顔を見あわせる。

創立七十二年を誇る白翔高校。数ある部活動のなかでも、吹奏楽部と野球部はとくに有名で、吹奏楽部は全国大会で金賞を計十六回、野球部は春夏合わせて十二回の甲子園出場という輝かしい実績がある。

吹奏楽部と野球部というちがいはあっても、この高校を志望したきっかけは同じ。すごい偶然。

「……いいね。今、なんか見えた」

男子生徒はそんなことをつぶやいて、ぱっと顔を輝かせた。見えたって、なにが？　と、問う間もつばさにあたえないで、

「小野さん！」

と、つばさのほうへ身をのり出すようにしてきた。

「は、はい！　あ、なんで名前……」

ふしぎそうにするつばさの胸のあたりを、男子生徒は指でさししめす。そこには、今日使いはじめたばかりの名札がついていた。

「俺、絶対甲子園行くから、小野さん、スタンドで応援してよ」

「え？」

「約束ね！」

「は、はい」

男子生徒の意気ごみにおされて、つばさはあいまいにうなずく。男子生徒は満足げに笑みをうかべると、じゃあね、と立ち去っていった。

歩幅が大きくて姿勢のいい後ろすがたを、つばさは見送る。背が高くて、肩幅が広くて、

背中も手も、なにもかもが大きな男の子。

ほんとに積極的っていうか元気な子だなあという思いとともに、男子生徒の胸もとにあった名札の『山田《やまだ》』の文字がつばさの目のなかに残っていた。


戸口から教室をそっとのぞいて、また陰へ体をひっこめる。

クラス編成の発表を確認して、一年四組の前まできたけれど、つばさは気おくれしてなかなか中へ入れずにいた。

でも、そろそろホームルームがはじまる。

つばさはうつむきながら足を踏み入れて、座席表で指定されている席へすわった。

教室の中では、同じ中学出身者や席の近い生徒があつまって、にぎやかにおしゃべりしている。クラス担任になった教師が入ってくるまで、つばさはだれとも話さず、肩をすくめるようにしながら自分の席で待っていた。

「それじゃあ、あとの時間は、順に自己紹介ー」

授業のことや特別教室の場所、明日の予定など、担任はいろいろ説明をしたあと、そう言って壁にかかった時計を見やった。

「脇田陽万里《わきたひまり》です。西中《にしちゅう》からきましたぁ！　ダンスが好きです。よろしくお願いしまーす！」

長い髪をゆるくウェイブさせた女子生徒が、ちいさく首をかしげるようにして自己紹介する。はっきりとした顔立ち、人目をひく雰囲気《ふんいき》のある子で、男子生徒たちからはさっそく「かわいいなー」「ひまりちゃーん」と声がかかっている。

「城戸保志《きどやすし》です。部活に恋に勉強に、がんばりたいと思います！」

メガネをかけた男子生徒が自己紹介すると、クラスメイトたちから笑いがおこった。

「恋ってなんだよ」

ほかの男子生徒がからかうと、

「恋は恋だ！」

と、城戸は強く言い返して、また笑いがおこる。

みんな自己紹介がうまいなと感心しながら、つばさは緊張して体を硬くしていた。だんだんと順番が近づいてくる。

斜め前の席にすわっている男子生徒が立ちあがったのにつられて、つばさが顔をあげると、丸刈りの後ろすがたが目に入った。

「山田大介《だいすけ》です。趣味は野球。特技も野球です。あ、あと、甲子園、行きます」

はきはきとした声で自己紹介したのは、さっき、展示ケースのところで話したあの男子生徒だった。

「甲子園！」

「言いきったし！」

教室の中がどよめいたが、大介は自信ありげに胸をはっている。

「よろしくお願いします！」

おじぎをして席にすわりなおすとき、ふいに大介はふり向いて、つばさに向かって微笑《ほほえ》んだ。

「じゃあ、つぎー」

何人かまた自己紹介したあと、いよいよつばさの番になり、のんびりした調子で担任がうながした。

「は、はいっ」

つばさは立ちあがろうとして、あやうくイスをたおしそうになる。

「えっと……、小野つばさです……。中央西《ちゅうおうにし》中学からきました。部活は、あの……、す、すい……」

斜め前の席にいる大介がこちらを見ているくらいで、ほかのクラスメイトたちはまわりとのおしゃべりに気をとられてしまっている。

「……よろしくお願いします」

つばさは消え入りそうな声で言いながら着席して、また机の上へ目をおとした。

ホームルームが終わって、教室から出ていこうとしたとき、つばさは明るい声に呼び止められた。

「小野さん！」

脇田陽万里が笑みをうかべながら、つばさに駆け寄ってくる。陽万里はつばさのとなりにならんで、にこやかに話しかけてきた。

「中学いっしょだったの、うちらだけみたいだね。よろしくね」

「うん！　よろしく、脇田さん」

「陽万里でいいよ。私も、つばさって呼んでいい？」

「うん！」

同じ中学出身とはいっても、中学のときにはほとんど話したことがない。でも、こうしてしゃべってみると、気さくないい子だ。

「いっしょに帰ろうよ」

陽万里がさそってくれるのはうれしかったけれど、このあと、つばさには寄って行こうと思っているところがあった。

「あ……、えっと……、私は部活入ろうと思って」

「なにに入るの？」

「あの、吹奏楽部……」

「え！」

陽万里はぎょっとしたような顔をしてから、少し声をひそめた。

「だいじょうぶ？　ここの吹部《すいぶ》って、超キビしいらしいじゃん。てか、つばさ、中学、ブラバンなんてやってたっけ？」

「あー……、いや、やりたかったけど、あきらめちゃったから……」

「そっかー。じゃあ、がんばってね！」

「……うん」

手をふって帰っていく陽万里を、つばさもちいさく手をふり返しながら見送る。

陽万里の口にした「超キビしい」ということばに、少々不安になってくるけれど……。

でも、吹奏楽部に入りたい気持ちは変わらない。そのために、教師や親がしぶるのをおしきって白翔を受験したのだから。

2　入部の条件

　音楽室まで行ってみると、すでに何十人という生徒があつまっていて、それぞれ楽器を準備しているところだった。

　後ろの戸口からのぞくと、壁に掲げられた旗が目についた。黒々とした太い文字で『一心不乱』と書かれている。つばさがそれを見あげていると、

「新入生ですか？」

　上級生らしき女子生徒から声をかけられた。

「最初に全体合奏があるので、それが終わったら、先生から入部届をうけとってください」

「えっと、あの……」

　つばさの返事を待たずに、その上級生は自分の席へもどっていく。

ほどなく、前の戸口から、一人の女性教師があたりをはらう雰囲気《ふんいき》をただよわせながら無言で入ってきた。室内の空気が、さっと変わる。

「起立！」

教師が前に立つのを待って、さっきの上級生が号令をかける。部員たちはいっせいに立ちあがると、背中に定規をさしこんだように直立して、そのまま微動だにしない。

「礼！」

再び、毅然《きぜん》とした号令がかかると、

「お願いします！」

全員そろって、前に立つ教師に向かっておじぎをした。それを見とどけてから、教師はにこりともせずに指揮台へ上がる。

「自由曲、Dから」

数秒間の静寂のあと、指揮棒を持った手が空気を切るように動いたのと同時に、いっきに音があふれ出した。

すごい、とつばさは息をのんだ。吹奏楽《すいそうがく》の演奏をこんなに間近で聴くのは、初めてだった。曲名はわからないけれど、さまざまな楽器でいくえにも折り重ねられた重厚な響きにつばさは圧倒される。部屋の中が、隅々まで音でいっぱいになる。空気が震え、床がゆれて、体の芯までゆさぶられる。

「ストップ！」

とうとつに、演奏が止まった。

「ラッパ、そんなG《ゲー》しか出ないの？　もっと抜けてきて！」

後ろのほうへ向かって、教師は鋭く注意を飛ばす。

「はい！」

そのとき、今やっと気がついたというふうに教師がつばさに目をとめて、いぶかしげに顔をしかめた。

「だれ？」

「あ、あの……、入部希望の……」

「聞こえない」

「い、一年四組……、小野《おの》つばさです！」

「パートは？」

「え？　あ、あの……、トランペットがやってみたくて……」

つばさが答えたとたん、教師が目を見開いた。無言でじっと、つばさを見つめてくる。

しばらく沈黙があってから、なにか聞きまちがえたんじゃないかと確認でもするように、教師はつばさにたずねた。

「……初心者？」

部員たちもみんな、信じられないものを発見してしまった、といった感じのまなざしをつばさへ集中させている。どうしてそんなにじろじろ見つめられるのか、なにかいけないこと言ったのかな、とつばさはとまどっていた。


「はい、これ」

合奏が終わってパート練習へうつったところで、つばさはその顧問教師——杉村容子《すぎむらようこ》に準備室のほうへうながされたが、わたされたのは入部届の紙ではなかった。

「あの……、入部届は……？」

手のなかにあるゴム製のフウセンと、杉村の顔を、つばさは交互に見くらべる。

「ふくらませてみて」

杉村はぶっきらぼうに命じて、どうして、と問い返す間もつばさにあたえない。

意味はわからないけれど、フウセンをふくらませるくらいならできる。つばさはそう思いながら、すーっと大きく息を吸いこんでから、唇をすぼめてフウセンへ息を吹きこんだ。

……つもりだったけれど、フウセンはふくらむ気配さえなく、つばさの手もとでぐったりとたれさがったままだった。よく見ると、このフウセンは、ふつうのものより固めのゴムでできているらしい。

杉村は眉《まゆ》をひそめると、ため息をついてつばさに言った。

「それふくらませられるようになってから、出なおしてくれる？」

「……はい。失礼します……」

これが入部のテストだというなら、もうひきさがるしかない。しぼんだままのフウセンを手にさげて、つばさは準備室をあとにした。

杉村は腕組みしながら、うなだれた後ろすがたを見つめる。

門前払いなんて好きこのんでしたいわけじゃないが、初心者がこの白翔《しらと》の吹奏楽部でやっていけるはずがない。

初心者というだけでも問題外。おまけに声はちいさくて、おどおどしていて、度胸がなさそうなうえに、体力もなさそう。あれじゃあ、吹奏楽に向いていない。まったく向いていない。吹奏楽部はイメージとしては優雅だが、実際には、「体育会系文化部」とも言われるほど体力的にもハードなのだ。

あの生徒が二度とうちへくることはない。杉村はそう思っていた。

翌日の放課後。

つばさはジャージに着替えると、グラウンドの芝生《しばふ》へ向かった。

よしっ、やるぞ、と気合いを入れて、仰向《あおむ》けに寝ころがる。両手を頭の後ろへまわして、腹筋のトレーニングをはじめようとした。

ところが、自分では思いきり力を入れているつもりなのに、背中がわずかにまがるだけで、いっこうに上半身が持ち上がらない。なんとか持ち上げようと左右へ体をねじってみても、芝生の上でゆらゆらするだけで、まるでイモムシのまねをしているみたいにしかならなかった。

「小野さん？」

ふいに、真上に、大介《だいすけ》の顔があらわれた。

「わっ！　山田《やまだ》くん？」

つばさはいそいで手をついて、芝生の上に起きあがった。大介はユニフォームすがたで、これから部活へ行くところらしかった。

「なにやってるの？　あれ、吹部は？」

「あ……、フウセンふくらませないと入部できなくて。陽万里《ひまり》ちゃんに、腹筋きたえたほうがいいって言われたんだけど……」

たしかに、自分の腹をおさえてみると、ふにゃふにゃして手応えがなかった。私のお腹の筋肉ってこんなに弱々しかったんだな、とがくぜんとした。

白翔へ入学さえすれば吹奏楽部へ入れると思っていたから、入部テストがあるなんて思ってもいなかったけれど……。でも、これが入部の条件なら、やるしかない。

そう意気ごんだものの、きたえようにも腹筋運動そのものができないのでは、いったいどうしたらいいのか……。

「足、押さえてもダメ?」

いきなり、大介に足首をつかまれて、つばさはちいさく悲鳴をあげてしまった。

「あ、ごめん!」

大介はあわてて、つばさの足から手を離す。

「……私こそ、ごめんなさい」

おたがいに気まずくて口をつぐんだとき、

「大介ー!　先行くぞー!」

少し離れたところから、城戸《きど》の呼びかける声が聞こえてきた。

「おー!」

大介は城戸へ答える。それから、つばさへ向かって、

「じゃあ、がんばって」

笑顔で言って、城戸のいるほうへ走っていった。

まもなく、野球部の練習がはじまり、威勢《いせい》のいいかけ声がたえまなくグラウンドに響きはじめた。

ネット越しに、大介が上級生と組んで練習しているようすが、つばさのところからも見える。大介は黒いキャッチャーマスクを付けて、ホームベースの後ろにかまえていた。

「大介！　逃げてんな！　ミット、前で！」

「はい！」

入部してさして日がたっていないのに、大介はすっかり白翔の野球部になじんでいる。

泥だらけになりながらも、生き生きしていて、ほんとうに野球が好きなんだなあ、とつたわってくる。

「……がんばって」

大介のすがたを目で追ううちに、つばさの唇からつぶやきがこぼれた。

「がんばって」——大介の残していったことばが、耳のなかでよみがえる。ふっと、胸のなかが温かくなって、やる気が湧いてくる。がんばれば、やれそうな気がしてくる。

うん、がんばろう。

つばさは気合いを入れなおすようにうなずくと、再び、芝生の上で腹筋運動に挑戦しはじめる。大介がくれたアドバイスを思い出して、よし、家でもやろう、家なら足首をなにかで固定できる、と考えていた。

「これ、今年もですか?」

四月も半ばをすぎて、新学年もおちついてきたころ。

朝の職員室で、教頭の林原《はやしばら》は手もとの書類から顔をあげると、机の前に立っている杉村を見あげた。

「いくら名門だからって、吹部だけ湯水のように使われるのもねぇ」

林原が手にしているのは、今年度の部活の予算申請書だった。毎年同じ形式なのだから、すぐに目をとおせるものを、林原は念入りにたしかめるように近づけたり遠ざけたりしながらながめている。

「楽器のメンテ代が定期的にかかることはご存知かと——」

杉村が言うと、林原はわざとらしいため息をついた。

「父母会に寄付金つのる私の身にもなっていただけますかね。ま、結果さえ残していただければ、もんくは出ないと思いますけど。ね、杉村先生」

「当然です」

「よろしくお願いします、よ」

さんざんもったいつけてから、ようやく林原は予算申請書に印鑑を押した。杉村は礼を言っておとなしく立ち去ったが、

「あの、くそオヤジ！」

職員室から出たところで、顔をゆがめて悪態をついた。

どのみち印鑑押すなら、ごたごた言うんじゃないよ、だまって押せよ。と、心のなかではこきおろしても、さすがに本人の前では口にできない。林原がねちねちからんでくるのはいつものことだし、良い成績をあげればころりと手のひらを返す性格であることも知っている。

腹だたしいが、林原の言うとおり。とにかく結果を出すことだ、と思ったとき、

「あ、あの！」

ふいに声をかけられて、杉村はふり向いた。

つばさのことが、すぐには杉村はわからなかった。つばさの持っているフウセンを見て、ああ、あの場ちがいな初心者の子か、とやっと思い出した。

なにしにきたの、という顔をしている杉村の前で、つばさは大きく息を吸いこむ。そし

て、腹に力をこめて、空気をフウセンへ送りこんだ。

杉村に、おどろきの表情がうかぶ。

大きくふくらんだフウセンを手にして、つばさは声をはりあげて申し出た。腹筋をきたえたことで、らくに大きな声が出せるようになっている。

「入部します！　トランペット希望です！」


一年四組の教室へもどると、つばさはすぐに陽万里に、吹奏楽部に入部を許可してもらえたと報告した。

「よかったねぇー！」

「うん、陽万里ちゃんのおかげ」

「つばさって、意外と根性あんだね」

陽万里は自分のことのようによろこんでくれて、うっすらと涙までうかべている。

二人で騒いでいると、登校してきた大介がそれを耳にして会話にくわわってきた。

「小野は、甲子園で俺の応援してくれる約束だもんな」

大介のことばに、陽万里は大きな目をさらに見開いて、つばさと大介の顔を交互に見やっている。

「え？　なに？　いつのまに、そんな話になってんの？」

「あっ、いやっ、約束っていうか……」

つばさだって、陽万里以上におどろいてしまっている。あの場だけの半分冗談みたいなものかと思っていたら、ほんとうにその気でいたなんて……。

どう説明しようかとつばさがあせっていると、

「大介！」

戸口のところから、三年生らしい男子生徒が呼びかけてきた。

「はい！」

大介は急に表情をひきしめると、

「ごめん」

つばさと陽万里へ小声で言い置いて、足早に戸口へ向かった。

「だれだろ？」

陽万里はつばさへささやきながら、大介たちが話しているほうをうかがう。大介も大柄だけれど、男子生徒はさらに肩のあたりが分厚くて、きたえあげられた筋肉を制服ごしに感じさせる。

「あの人、大介の中学からの先輩で、野球部キャプテンの碓井《うすい》さん」

ふいに割りこんできた声にふり向くと、いつのまにか城戸がそばに立っていた。

「大介は、期待されてっから。ほかの高校からいくつも推薦《すいせん》の話きてたんだけど、碓井先輩が白翔の野球部にひっぱってきたんだ」

「へえー、山田くんって、やっぱすごいんだねぇ」

陽万里は感心してうなずいて、それから、城戸に向かって首をかしげてみせる。

「……って、あんた、だれ?」

「わきたぁ〜っ!　城戸だよ、城戸!」

そりゃないぜ、と城戸が大げさに悲しそうな顔をするものだから、つばさも陽万里も笑ってしまった。

「うそ。うそだって」

大介くん、わざわざ先輩にひっぱってもらえるなんて、ほんとにすごいなあ……。つばさはまぶしいような思いで、碓井と話している大介をながめる。

吹奏楽部に入部することができたのは、陽万里と、それに大介のおかげだ。

あれから、家ではベッドのフレームに足首をつっこんで、毎日腹筋運動にはげんだ。最初はなかなかうまくいかなかったけれど、挫折《ざせつ》しそうになるたびにうかんできたのが、大介の「がんばって」というあのことば。大介が間近ではげましてくれているような気持ちになって、もう一回、もう一回、とつづけることができたのだから。

白翔へきてよかった、とつばさは思った。不安もあったけれど、友達もできたし、吹奏楽部に入ることもできた。

きっと、なにもかもうまくいく。

そんな気がして、つばさは目をほそめながら大介の広い背中を見つめていた。

3　辞めてほしい

　放課後になるのが待ちきれない。

　帰りのホームルームが終了すると、つばさは音楽室へ直行して、さっそくその日からトランペットのパート練習にくわわった。

「じゃあ、あらためて。トランペット、パートリーダーの春日《かすが》です」

　このあいだ声をかけてくれた上級生が、まず自己紹介する。春日瞳《ひとみ》は三年生。去年の秋から部長もつとめているというだけあって、態度はおちついていて、利発なしっかり者といった印象をうける。

「私は三年の森優花《もりゆうか》。よろしくね」

　森は春日とは対照的に、にこやかで親しみやすい感じだった。そのあと、二年生、すでに入部していた一年生も、順に自己紹介していく。

「一年四組、小野《おの》つばさです！　応援、がしたくて、トランペットにあこがれて入りました。よろしくお願いします！」

深くおじぎをするつばさに、春日がたずねてきた。

「応援って、野球の？」

「はい！」
二、三年たちが、ちらちらと顔を見あわせる。応援が志望動機なんて部員は、ほかに一人もいない。
それから、春日はまた笑顔にもどって、つばさに指示をした。

「ほかの一年はほとんど推薦で入ってて、春休みからもう練習に参加してるから、小野さんは森から基礎おそわって」

「はい！」

いよいよ、トランペットの練習ができる。わくわくしているつばさへ、一年生の女子生徒たちが声をかけてきてくれた。

「よろしく」

「よろしくね」

高橋《たかはし》マルコ、栗井佑衣《くりいゆい》が、笑顔であいさつしてくれる。二人とも気どりのない子で、つばさはホッとする。

でも、水島亜希《みずしまあき》という男子生徒だけは、つばさに声をかけることなく、さっさと自分の準備にとりかかっていた。

つばさは森にうながされて、空いている別の教室へ移動した。

「まずは、口の形から」

一対一で向かいあって、森は説明をはじめる。

「ドの音を出すには、ドの唇をつくらなきゃいけないの。これをアンブシュアっていいます」

「アンブシュア?」

つばさは部活用に用意してきたメモ帳をとり出して、いそいで書きとめた。森はちいさなジョウゴのような形をした金属製の部品を見せて、説明をつづける。

「その唇の振動を、このマウスピースから楽器本体をとおして、音を増幅させる。それがトランペット。じゃあ、口、まねしてみて」

「は、はい」

「上下の前歯がならぶように」

森がつくる口の形を、つばさはまねした。

演奏するのを見ているときには、それこそフウセンをふくらませるみたいに、たんに息を吹きこめばいいんだと思っていた。トランペットってむずかしいんだな、と思いながらも、つばさはけんめいに森のまねをしつづけた。

「じゃあ、とりあえず、これ使ってみて」

アンブシュアをひととおり習ったところで、森は持ってきていた楽器ケースを開けてみせた。

ケースの中には、トランペットが入っていた。金色の輝きを放ちながら、クッションにおさまっている。

「いいんですか?」

気安くさわるのがためらわれて、つばさはトランペットを見つめる。

「みんな、自分の持ってるから。学校のであんま状態良くないけど、まずは吹いてみないとね」

森にうながされて、つばさはおずおずと手をのばした。

白翔《しらと》の先輩たちが使ってきた楽器。状態良くないと森は言うけれど、見ているだけで胸が高鳴ってくる。

ケースの中からトランペットを持ち上げると、思わず腕が下がった。重い。金属でつくられているからあたりまえなのだが、先輩たちはらくらくとあつかっているから、すごく軽い物のように思っていた。

「まず、左手でしっかり持って」

指をかける位置をおしえてもらって、つばさはトランペットを水平にかまえる。

「右手はそえるだけ。脇、しめすぎないで。口をあてて、アンブシュア整えて、あごひいて、吹く！」

森の指示どおりにして思いきり息を吹きこんだとき、わずかな振動とともにトランペットが鳴った。

音が出た。

にごっていて、たよりないけれど、たしかに音が出た。

「まあ、初めはこんなもんかな？」

森は困ったように笑っているが、つばさはますます胸が高鳴ってきて、トランペットの金色の輝きを見つめる。

初めて、生み出した音。

自分の息が、音に変わる。息から、音が生まれる。それは魔法みたいだった。

鼓動が速くなって、体じゅうがほてってきて、さけびたいような、駆け出したいような、体の奥からなにか熱いものが湧きあがってくるような……。それは小学生のとき、あの白翔の試合を観たときの感覚に似ていた。あの日の心ゆさぶられる感覚が、つばさのなかに鮮明によみがえってくる。

すぐに左手がだるくなったし、森からは「もっと強く！」「アンブシュア、きちんと！」などと何回も注意されたけれど、つばさは楽しくて、けんめいに練習しつづける。

音を生み出せるって、こんなに楽しい。


つばさが入部して、数日たったころ。

今日は最初に、選ばれたメンバーだけで合奏練習をするというので、つばさは音楽室の後ろで見学していた。

マルコと佑衣もそばにいるが、水島だけは、上級生にまじって演奏にくわわっている。

「すごいよね、水島くん」

「一年でホールメンバー入りしてるの、水島くんだけだもんね」

マルコや佑衣が、そうささやきあっている。

つばさも気をつけて水島の演奏に耳をかたむけてみると、これまでは別室にいるのが多くて気がつかなかったけれど、水島の音はとびぬけているとすぐにわかった。こまかい技術的なことはわからないけれど、とにかくすごい。つばさの耳にも、そのことだけは感じとれる。

水島は整った顔立ちをしていて、一見おとなしげな印象をうける。

でも、水島の紡《つむ》ぎ出す音は、だれよりも力強い。

澄んでいて、しなやか。生きている、まさしくそんな感じがする音を生む。

「じゃあ、合奏はここまで」

ひととおり曲をとおし終えたところで、杉村《すぎむら》が指揮棒をおろした。

「はい！」

「定演は全員参加が基本だから、ほかの一年も水島くらいまでとは言わないけど、ちゃんと間に合わせるように」

「はい！」

部員たちはそろって返事をする。でも、つばさだけは意味がわからず、となりにいるマルコに声をひそめてたずねた。

「あ、あの、ていえん、って……」

「定期演奏会のこと」

そのやりとりに気づいたらしく、杉村が鋭いまなざしをつばさへ向けた。

「小野！　あなたもよ！　間に合わせなさい」

「は、はい！」

そのあと、マルコから、定期演奏会は六月下旬《げじゅん》におこなわれるのだとおしえてもらった。それを聞いて、つばさの気がひきしまる。

あと、二ヶ月と少し。

あまり時間はない。それまでには、きちんと曲を吹きこなせるようにならなくてはいけない。


マルコたちの話によれば、水島はすでに中学のころから、吹奏楽《すいそうがく》をやっている子たちのあいだでは有名な存在だったらしい。中学生とは思えないほどうまいやつがいると、もっぱらのうわさだったとか。

そのせいなのか、ほかの新入生たちも、水島のことは一歩引いてながめているような、なんとなく距離をとって接しているように見える。水島のほうも、自分から声をかけることはしない。同じ中学出身とかクラスメイトであつまって、ほかの新入生たちが親しげにおしゃべりしていても、いつも水島は一人でいて、練習で必要なこと以外にはことばを交わさない。ごく薄い透明な幕がうっすらと水島のまわりにかかって、まわりと隔《へだ》てているような感じだった。

「水島くんって、すごいんだね」

その日、練習が終わったあと。

つばさは思いきって、楽器の手入れをしている水島に話しかけてみた。つばさにしても、まだ水島とはほとんどしゃべったことがない。でも、同じ一年生だし、同じパートなのだし、ぜひとも仲良くしたい。

「どのくらい練習したら、水島くんみたいに――」

「辞めてくれないかな、部活」

つばさのことばを、とうとつに水島がさえぎった。

「え?」

いったいなにを言われたのか、とっさにつばさはわからなかった。目をしばたたいているつばさに、水島はさらに言った。

「応援がしたいとか、軽い気持ちでうち入られるの、迷惑」

出ていけ、って言われたんだ。面と向かって——。やっとそう理解すると、つばさはすうっと体温が下がったような寒気をおぼえて、

「軽い気持ちなんかじゃ……」

かすれた声で、そう返すのがせいいっぱいだった。

「ごめん、言い方まちがえた。軽い気持ちじゃなくても、辞めてほしい」

水島はもう一度くり返して、淡々とした口調でつづける。

「レベル低い人入ると、どうしても足ひっぱられるでしょ？　森先輩だって、小野さんにおしえてるあいだは練習できないわけで。みんな、本気で全国行きたいから白翔に入ってきてるんだよ」

「……」

「だから、辞めてほしい」

さらにもう一度くり返してから、水島は口をつぐんだ。厳しいまなざしをつばさへ向けながら、返事を待っている。

レベル低い人。足ひっぱられる。水島からつきつけられたことばが頭のなかでこだまして、つばさの心臓が大きく波打ちはじめる。

どうしよう、そんなこと言われたら、どうしよう……。体から力がぬけていって、だん

だんとつばさはうなだれていく。

でも、足が小刻みに震えて、ひざが折れてしまいそうになったとき。ぱっと目の前にうかんできたのは、大介《だいすけ》の笑顔だった。

「俺、絶対甲子園《こうしえん》行くから、小野さん、スタンドで応援してよ！」——そう言ってくれた太陽みたいなあの笑顔。

つばさは息を吸いこむと、乱れる鼓動をけんめいにおさえこむ。そして、ゆっくりと顔を上げていった。

正面に立っている水島と、視線がぶつかる。こちらを射抜《いぬ》きそうな水島のまなざしに後ずさりしかけるのをこらえて、つばさは声をしぼり出した。

「……約束、したから」

そうだ、約束したんだ、とつばさは思った。

大介くんはあんなに野球が好きで、あんなにがんばってる。大好きな野球のことなんだから、絶対に本気のことしか口にしない。

あれは、本気の約束。

いっしょに甲子園へ行くと約束したのだから、ここであきらめてしまうわけにはいかない。まだ歩き出したばかりなのに。

なんなのそれ、というぶかるように水島は眉《まゆ》を寄せる。つばさは目をそらさないようにしながら、一歩前へ出てうったえた。

「あの……、私、気持ちだけじゃなくて、がんばるから！　迷惑かけないように、がんばるから」

じっと水島は見つめる。

そして、しばらく無言でいたあと、水島はそれ以上はなにも言わずに背を向けた。

4　ふたりの朝

出ていけと言われたのは、ショックだったけれど――。

でも、考えてみれば、水島《みずしま》が指摘したことはぜんぶ事実だった。

いくら自分は楽しくても、森《もり》にしてみればよけいな手間だったにちがいない。音が出たことにうれしくなって、そんなことに今まで気づかないでいた。

気づいたからには、もっとがんばって、早く、先輩たちの手をわずらわせないようにならなくてはいけない。

つばさはそう決心して、水島と話した日から、部活のあとに残って自主練習をはじめることにした。朝も練習があるから、放課後に時間をみつけるしかない。

メモをめくり、春日《かすが》や森におしえてもらったことを思い出して、何回も復習する。

つばさはひとり、毎日、下校時刻ぎりぎりまで、だれもいなくなった音楽室で曲にもなっていない音を出しつづける。

とぎれとぎれのトランペットの音が流れてきて、大介《だいすけ》はグラウンド整備をしている手を止めた。

「小野《おの》ってさ、すごいよな」

音を目で追うようにしながら大介がつぶやくと、城戸《きど》もトンボをあやつるのをやめてふり返った。

「ん？　なにが？」

「経験者でもついていけないような部活に、初心者でついていってってんだぞ。練習のとき、トランペットの音、ずっと聞こえるだろ。小野じゃないかなって思うとき、あるんだ」

「一人だけへたなやつな」

そりゃわかるよなあ、と城戸は笑った。

城戸にしたって音楽のことなどくわしくないが、つばさの音はすぐにわかる。とっぱずれた音やら、ふらふらよろけているような音を出す部員なんて、白翔《しらと》の吹奏楽部《すいそうがく》にはほかにいない。

「でも」

校舎のほうを見ながら、大介はつづける。

へたなのは、そのとおりだけれど――。ぶつ切りの音でも、なぜだか、大介にはふしぎとここちよく響く。

「あれ聞くと、やる気出る。俺も負けらんねぇって」

なかばひとりごとのようにつぶやいて、大介はやわらかな微笑《ほほえ》みをうかべている。

その横顔に、ふと城戸は気づく。

大介がこんな表情をするのって初めてだよな……。つばさの音を追う横顔を見ながら、城戸はそんなことを思っていた。


早く、足をひっぱらないようになりたい。

その思いで、つばさは毎日休むことなく放課後の自主練習をつづける。家でも、腹筋をきたえたり、マウスピースだけ持ち帰って練習する。

水島が顔を出したのは、そうやって何日かすぎたころだった。

いつものようにたどたどしく音を出していると、いつのまにか水島が戸口に立っていて、つばさが吹くのをやめたのをみはからって入ってきた。

「あ、あの……」

なにか言われるのかな、とつばさは身がまえる。

水島はつばさの手もとのトランペットへ目をやってから、ふだんと同じように静かな口調で言った。

「トランペット、買ってもらったほうがいい。それ、音がひどすぎる」

なんと答えればいいのか、とっさに出てこなくて、

「……ありがとう」

つばさが礼だけ言うと、水島はまたすぐにいなくなってしまった。


トランペットを買ってもらえってことは……、このまま部にいてかまわないって意味なんだよね？

水島がいなくなったあとで、つばさはそう気がついた。

少しは水島が認めてくれたのかもしれない。そう思うと、ますますがんばらなくてはという気持ちになる。自主練習のかいあって、だんだんとつながった音も出せるようになってきている。

とはいっても、一日は二十四時間しかない。

このところ、毎日、朝から夜まで休みなく走りつづけている感じで、さすがに疲れがたまってきた。唇が痛い。左腕が痛い。腹筋が痛い。なにより、眠い。

今日も下校時刻過ぎまで自主練習してきたが、帰りのバスに乗っているときから眠くて眠くてしかたなかった。うつらうつらしては、はっと目をさまして、乗りすごしていないかとたしかめる。

「ただいま……」

なんとか家までたどりついたものの、玄関へ入ると、もうなにも言う気力も残っていなかった。母親がリビングから出てきて声をかける。

「遅かったねー。ごはんは?」

「……いい」

つばさは返事もそこそこに、一段、一段、足をひきずるようにしながら二階へのぼっていった。

「だいじょうぶかしら、あの子」

リビングへもどった母親は、今にも倒れそうになっていたつばさのほうを気づかわしげにふり返った。

「そのうち、いやになるんじゃないか。トランペット、買ってもむだになんなきゃいいけど」

父親はソファーで新聞をひろげながら、そんなことを言って顔をしかめる。

「でも、自分からなにかやりたいなんて言いだしたの、初めてだしねぇ」

母親のほうも、つばさのためにとっておいた夕飯を冷蔵庫へかたづけながら、しきりと首をひねっている。


リビングでそんな会話がされているのを知ることもなく、つばさは二階にある自分の部屋へ入ると、制服のままでベッドへ倒れこんだ。

だめだ、起きなくちゃ、と自分に言い聞かせる。のんびりしているひまはない。家でもやることは、山ほどある。

腹筋運動、腹式呼吸のトレーニングも欠かしちゃいけない。それから、宿題もやらなくては。もっと時間がほしい。一日が四十八時間ほしい。いや、それじゃたりないかも。顔、洗いたい。お風呂も入りたい。髪を洗って、さっぱりしたい。

やりたいこと、やるべきことは、つぎつぎと思いうかぶ。でも、意思とはうらはらに、つばさは手足をまったく動かせなかった。

再びまぶたを開けたとき、目に映ったのは、うっすらと明るくなった天井だった。のろのろと上半身を起こしてみると、閉じたカーテンの隙間《すきま》から光がもれていて、カーペットの上へまっ白な細い筋を投げかけている。

ぼんやりしたままで枕もとに置いてある時計のほうへ顔を向けると、556という数字が目に入った。

そろそろ、六時、って……。

ちょっと待って。まさか、朝の六時⁉

「やっばーっ！」

つばさは声をあげて、ベッドからはね起きた。

昨夜、帰宅してベッドへ倒れこんだところまではおぼえている。でも、そのあとの記憶がない。ほんの数秒しかたっていないような気がするけれど、あのまま眠りこけてしまったのだ。

さいわいなことに、朝練には急げば間に合う。でも、シャワーを浴びているひまはないし、着替えもできない。

つばさは通学用カバンの中の教科書やノートだけを時間割に合わせて入れ替えると、髪もとかさないで家から駆け出した。シャワーよりもなによりも、朝練に遅刻しないほうがはるかに重要なことだった。

まだ車もあまりとおらない朝の道を、つばさはカバンをかかえてひた走っていく。ほかに制服すがたはない。

着替えずに寝てしまったせいで、スカートはプリーツがとれてふくらんでいるし、ブレザーはしわだらけになっている。靴下《くつした》も昨日から履《は》きっぱなしで不快だけれど、今日一日がまんするしかない。

ああ、もう、大失態、とあきれて、ぐしゃぐしゃになっている髪を手でなでつけたりしながら走っていると、

「小野ーっ！　おはよ！」

冷涼な空気を切るような明るい声で、後ろから呼びかけられた。

自転車の軽快なタイヤ音が近づいてくる。足をゆるめてふり返ると、そこには大介の笑顔があった。

「あ、大介くん、お、おはよ！」

「朝練？」

大介はすぐに追いついてきて、つばさの横にならんだ。

「うん、バス、乗り遅れちゃって」

「乗る？　……のは、だめか。あ、じゃあ、俺、走るから、小野、乗って」

「や、でも……」

「いいから！」

つばさの返事を待たずに、ひらりと大介は自転車からおりると、ハンドルをつばさのほうへ向ける。もうしわけないと思いながらも親切に甘えることにして、つばさはサドルにまたがった。

たとえだれも見ていなくても、自転車の二人乗りをするわけにはいかない。

白翔の野球部員たる者は、人目があろうとなかろうと、つねに正々堂々としていなくてはならないのである。

さまざまな規則や校則を厳守するのはもちろんのこと、代々引き継がれてきた部活内だけの規則のようなものまである。

それは吹奏楽部も同様で、授業中の居眠りはだめ、部活がいそがしくても学業をおろそかにしてはならない。定期テストで赤点を取ったら演奏会には出してもらえない。吹奏楽部員には模範《もはん》的であることが求められているのだ、と先輩たちからはおしえられた。それが、伝統ある部というものなんだ、と。

「いそごうぜ！」

つばさをうながして、大介は駆け出した。慣れない自転車に少しふらつきながら、つばさもペダルを踏みはじめる。

あっという間に、大介の背中は離れていく。つばさはいそいでペダルを何回もまわして、大介の後ろに追いついた。

「あの、大介くん、ありがとう！　私、いっつも、一方的にはげましてもらってばっかりで……」

つばさはペダルをこぎながら、背中に向かって声をかける。すると、大介はふり返って、

「一方的じゃないじゃん」

と、笑った。

「試合のときは、俺が小野の応援にはげましてもらうんだから」

朝の光をあびて、大介の笑顔がきらめく。大介が太陽そのものになったみたいで、まぶしくて、つばさは目をほそめる。

「……うん！」

つばさがうなずくと、よしっ、というように大介はまた笑って、走る速度を上げた。

規則正しい足音をたてて、大介は駆けていく。足に特製のエンジンでも仕込んであるみ

たいに、速くて、しなやかだ。つばさも力をこめてペダルを踏んでいるのに、それでも遅れそうになる。

大介は野球部の期待の星なんだという話だったけれど、でも、そんなふうに期待してもらえる存在になれたのは、きっと、たゆみない日々の努力があったからだ。ペースを乱さず走りつづける大介のすがたを見ていると、これまでにどれほどトレーニングをつんできたのかがわかる。

大介くんを応援したい。

甲子園で、大介くんの応援をしたい。

その気持ちが、つばさのなかで強く湧きあがってくる。あの約束を守りたい。実現させたい。

そのためにも、早く上達したい。

制服のままで眠りこけるなんてとおちこんでいたけれど、でも、いいことあった。こうやって大介といっしょに登校できるのが、つばさにはとても楽しい。自分のせいで大介を走らせてしまっているのだから、楽しいなんて思ってはいけないのだろうけれど……。

あれほどたまっていた疲れは、すっかり体からぬけている。

よし、今日もがんばろう、しっかり練習しよう、とつばさは気合いを入れなおしながら、大介を追ってペダルを踏みつづけた。

5　笑顔のマーク

六月下旬《げじゅん》の日曜日、定期演奏会の日。

会場となっている札幌《さっぽろ》市内のホールには、たくさんの人があつまってきていた。開演までまだ三十分以上あるのに、すでにほぼ満員になっている。

来場しているのは、部員の友達や家族だけではない。この演奏会を毎年楽しみにしているという地元の人も多い。みんな、わざわざチケットを買って聴きにきてくれている。

ステージのセッティングをすませたあと、吹奏楽《すいそうがく》部の部員たちは控え室にあつまって、最後の調整をおこなっていた。

「じゃあ、ラスト。『宝島《たからじま》』やろう」

杉村《すぎむら》の指揮で、軽快なリズムにのった演奏がはじまる。しかし、杉村はすぐに止めて、つばさに注意を飛ばした。

「ストップ！　小野《おの》、遅れてる！　指揮、ちゃんと見て！」

「は、はい！」

「じゃあ、もう一度、頭から」

再び、部員たちは曲を奏《かな》ではじめる。

つばさの手には、まだほとんど傷もなく光るトランペットがある。父親が買ってくれた物。がんばっているからと言って、安くない金額を出してくれたのだった。

入部して、約二ヶ月。なめらかとは言いがたいものの、つばさはどうにかひととおりは吹けるようになっていた。それなのに、今日は唇もうまく動かせないし、指がこわばっている感じがする。

ふいに、音がはずれた。杉村が顔をしかめたのを見てとって、つばさはびくっと肩をすくめた。

おちついて、おちついて。何回も自分に言い聞かせる。

左手だけでトランペットをかまえるのも慣れたはずだったのに、なぜか今日はやたらと重く感じられていた。

『ただいまより、札幌白翔《しらと》高校吹奏楽部、第三十二回定期演奏会を上演いたします。最後まで、ごゆっくりお楽しみくださいさい』

照明が暗くなったあと、アナウンスが流れて、緞帳《どんちょう》が上がる。

そろいのTシャツを着た部員たちがステージに整列すると、満員になった客席から拍手がおこった。

成績を競う必要もなく、友達や家族に日ごろの成果を披露できる定期演奏会は、部員にとって楽しみの場でもある。みんなが笑みをうかべているなかで、つばさだけは顔をひきつらせていた。こんなにたくさんの人の前へ立ったことがない。ライトが強くて、めまいがしそうになる。

部員たちがそれぞれの位置へついたところで、スーツに着替えた杉村がステージへあらわれると、さらに拍手は大きくなった。

杉村は一礼をして、指揮棒をかまえる。杉村の手が動くのといっしょに、いっきに会場の雰囲気《ふんいき》をもりあげるようなアップテンポの曲がはじまった。

最後の曲の余韻《よいん》が消えていくと、数秒おいて、客席からは盛大な拍手がわきおこった。

ステージから部員たちがはけても、拍手は鳴りやまない。

再び、部員たちはステージへもどって、アンコール用の短い曲を奏でる。

三回もアンコールがくり返されたあと、ようやく会場のライトが明るくなって、大盛況のうちに幕はおりた。

終演後、吹奏楽部員たちは休む間もなく、観客の見送りをするためにすぐにロビーへ向かった。

ロビーには笑い声とおしゃべりがあふれていて、「今年もよかったね」「やっぱり白翔はうまいねえ」といった声が聞こえてくる。部員たちがロビーへ出ると、それぞれに家族や友人たちが駆け寄っていく。

つばさは端のほうの壁ぎわに立って、にぎわうロビーのようすをながめていた。

「つばさー！」

ひときわ元気な声で呼びかけられて顔をあげると、陽万里《ひまり》とつばさの家族がつれだってやってきていた。

「つばさ、おつかれー！」

陽万里は声をあげて、つばさに抱きつかんばかりにする。陽万里は興奮ぎみで頬《ほお》が赤くなっている。

「最高だった！　よくがんばったねー！」

「あ、ありがとう……」

ぎこちなくつばさが礼を言うと、両親もすっかり感心したという表情で声をかけてきた。

「すごい迫力でびっくりしちゃった」

「トランペット、やっぱり買ってよかったな」

そんなことを言って、うん、うん、と笑顔でうなずきあっている。

この曲がよかった、こっちの曲もかっこよかったね、などと、陽万里と家族はパンフレットをめくりながらしきりに感想を言いあう。

はしゃいでいる陽万里たちのそばで、つばさはあいまいに笑みをうかべていた。陽万里や家族がほめてくれるほど、逆に、つばさの気持ちは重たくなっていく。どうしても口には出せない、あることのために――。


白翔の吹奏楽部員には、つねに迅速《じんそく》かつ機敏な行動が求められる。

観客の見送りをしたあと、部員たちは足早にステージへもどると、手分けをして楽器を車へ積みこむ。ステージはもちろん、客席にもゴミなどが落ちていないか点検するのもおこたらない。「白翔が使ったあとは汚かった」などと思われては恥《はじ》になる。

学校へもどって、てきぱきと楽器をかたづけたところで、今日は解散になった。

全員帰っていったあと、つばさは一人だけで、だれもいなくなった音楽室に残っていた。もう用事はないのに、なにをするでもなく、所定の位置におさまったたくさんの楽器をながめる。

ふいに戸の開けられる音が聞こえて、はじかれたようにつばさがふり向くと、もう先に帰ったはずの水島《みずしま》が入ってきていた。

「お、おつかれ……さま……」

目を合わせずに、つばさは小声であいさつする。が、水島はあいさつを返さず、じっとつばさを見つめる。

「吹いてなかったよね」

いきなり言われたことばに、つばさは息が止まりそうになった。体をこわばらせるつばさに、さらに水島は言った。

「だれもなにも言ってないのに、本番、吹かなかったよね」

つばさは息をつめて、だまってうつむいた。自分だけが知っていることだと思っていたのに、水島には見抜かれてしまっていた。

「がんばるんじゃなかったの？」

水島の声は、いつもと同じように静かだった。でも、最近感じなくなっていたどこか冷ややかなものが、再びにじんでいる。

「これからも、ずっと吹きマネしていくつもり？　それって、やる意味あるの？」

水島の問いかけに、つばさはなにも答えられない。口を閉ざしたまま、うつむいて自分の上履《うわば》きの先ばかり見つめている。


もう音楽室にはいられなくて、でも、家へ帰る気にもなれない。

つばさは一年四組の教室へ行って、こわれた人形のようにぼうぜんとして自分の席にすわっていた。

そうして、どのくらいたったころか、こちらへ近づいてくる足音が廊下から聞こえた。

「小野？」

荷物をとりに教室へきたのは、大介《だいすけ》だった。夏の大会をひかえて、野球部も休日なしで練習している。

「今日、定演だったよね？　どうだった？」

大介はつばさのほうへ歩み寄ろうとしたけれど、ようすがおかしいことに気づいて、足を止めた。

「……なんかあった？」

大介に問われても、つばさはすぐには答えられなかった。理由を言うのが恥ずかしい。でも、大介のことばの温かさに気がゆるんで、もうだまってはいられなくなった。

「……吹けなかった」

「え？」

「吹けなかったんじゃない、吹かなかったんだ。本番、急に怖くなっちゃって……」

水島が怒るのは当然だった。

がんばると言ったのに、がんばらなかったのだから。自分の楽器を持ったほうがいいとアドバイスもしてくれて、たぶん、少しは認めてくれていたのに……。それを裏切ってしまった。

「私、いつも自分の靴《くつ》見てたの。だれかになにか言われると、すぐうつむいてあきらめて……」

中学のときも、吹奏楽をやろうかと考えたのに、部活をやるとたいへんだよとか言われて、迷っているうちに入部しそこねてしまった。でも、白翔の吹奏楽部へ入ることだけは、これだけはあきらめられなくて、やっと実現させたのに……。

「こんどこそ変われる、って思ったのに……。なにやってんだろ……」

毎日、いっぱい練習した。

それなのに、かんじんのところで、自分からその努力をむだにした。そのことが、ただ、恥ずかしく、情けない。

そこまで話してつばさが口をつぐむと、だまって聞いていた大介がふいに背中を向けて、足早に教室から出ていってしまった。

あきれられたんだ、とつばさは思った。あまりにも情けない話で、がっかりしたんだ。すわっていても体が震えて、目のなかが焼けるように熱くなる。涙がいくすじも頬をつたって、机の上にこぼれ落ちる。

ところが、数分とたたないうちにいそいだ足音が聞こえてきて、再び、大介が教室へ入ってきた。

「飲んで！」

つばさの机の上へ置かれたのは、ペットボトルの飲み物だった。つばさの顔が涙でくしゃくしゃになっているのを見て、大介はうろたえる。

「え、あ、だいじょうぶ？」

「大介くんに、失望されたと思って……」

「失望⁉　するわけないじゃん！　なにか飲んで元気出してもらおうと思って……、あれ？　待っててって言わなかった？」

「言ってない」

　まだ涙に頰を濡《ぬ》らしながら、つばさは笑う。言い残すのも忘れるほど、いそいで大介は飲み物を買ってきてくれたのだ。

「そうだ、小野！　ペン貸して。消えないヤツ」

「え？」

　つばさがカバンをさぐると、細字の油性ペンがみつかった。大介はそれを持って床へかがむと、つばさの上履きの先になにか描きはじめる。

「よし！　これで、下見てもだいじょうぶ」

　描かれていたのは、丸の中に笑った目と口。ニコニコ、笑顔のマーク。

「俺、小野と最初に話したとき、ほんとうに見えたんだ」

　大介は微笑《ほほえ》みながら、つばさを見あげる。

「俺が甲子園《こうしえん》にいて、小野はスタンドでトランペットを吹いてる。空は晴れてる、小野の音が飛んでる、って——」

　大介のことばに、つばさの目が熱くなる。止まりかけていた涙が、またつぎつぎにこぼれはじめる。

約束しただろ。信じてるよ。

大介のにごりのないまなざしが、そう語ってくれている。

これまで、つばさに向けられることばは、どうせすぐやめるんじゃないの、とか、無理しないほうがいいよ、とかばかりだった。つばさ自身にも、とくにやりたいことも得意なこともなかったから、そういうものかなあ、と自分を納得させてきた。

でも、今はちがう。

信じてくれる人がいる。

こんなに情けないところを見せても、まだ、大介は信じてくれている。

その信頼にこたえたい。

だったら、前を向いて、また進まなければ。今やるべきことは、うつむいて泣いていることじゃない。

「すみませんでした！」

翌日、つばさは部活へ行くと、春日たちに深く頭を下げて、定演の本番で音を出していなかったと告白した。

もう一度がんばるためには、まず正直に話すこと。なにくわぬ顔でつづけようなんてしてはいけないと、そう決めたからだった。

ところが、春日《かすが》をはじめ、先輩たちはまったく表情を変えなかった。

「うちらが気づいてないと思ってた?」

春日にそう問われて、つばさはますます恥ずかしくなった。自分以外にはわからないと思っていた。もしかしたら、同じパートだけでなく、まわりにいたほかのパートの部員たちも気づいていたのかもしれない。

春日につづいて、森《もり》も言った。

「べつにコンクールじゃないし、つばさ一人が吹かなかったところでたいしたことないけど、自分一人くらいやらなくていいとか、みんなが思ったら、それは怖いことだよね」

「……はい」

再び、春日が口を開いた。

「もし、なにも言わないでいたら、辞めてもらうところだった」

そのことばに、つばさの顔がひきつった。でも、春日は厳しい表情でしばらくつばさを見つめてから、ふっと頬をゆるめた。

「でも、がんばる気あるなら、もういい。あやまるひまがあったら、練習して」

「はい!」

つばさは大きな声で返事をして、もう一度深く頭を下げた。

水島くんのおかげだよね、と楽器の準備をしながらつばさは思った。

こうして部活をつづけられることになったのは、吹いていなかったと水島がはっきり指摘してくれたからだ。

入部したてのときも、そうだった。

たぶん、先輩たちからも、初心者なんてめんどくさいなと思われていた。ただ、口には出さなかっただけで――。でも、水島にずばりと言われたおかげで、早く上達しなくてはと気をひきしめることができた。そうでなかったら、森先輩におしえてもらえばいいや、とずっと甘えてしまったかもしれない。

自分が憎まれることも承知で、あえて水島は厳しいことを言ってくれたのだ。

つばさはこれまで、がんばるということを単純に考えていた。でも、いっしょうけんめいやるというのは、ほんとうは勇気が必要なことなのだ。妥協《だきょう》を許さない勇気。自分のまちがいを正直に見つめる勇気。本気でなにかにうちこんだ経験がなかったから、これまで知らなかったけれど――。

水島に礼を言いたい。

　でも、やっぱり話しかけづらいな、とうつむくと、上履きの先に描かれたマークが目に入った。

　ニコニコマークが、大介の笑顔に変わる。「がんばれ！」とはげましてくれている。

　うん、がんばる。

　心にうかんだ大介の笑顔にこたえるようにつばさはうなずくと、水島のそばへ歩み寄っていった。

「あ、あの……」

　ちらりと水島は目を向けただけで、また楽器の準備をつづける。つばさはあとずさりしそうになるのをこらえて、口を開いた。

「……ありがとう」

「べつに、感謝されるおぼえはないけど」

「でも……、ありがとう。ちゃんと怒ってくれて」

　水島はなにも言わない。つばさはおじぎをしてから、水島のそばを離れた。

　これまで水島のことは、とっつきにくい、ちょっと冷たい感じにつばさは思っていた。

でも、今はちがって見える。正直で、すごくまっすぐで、内側にはやさしさも秘めた子なんだと思う。

だって、こうして、またチャンスをくれたのだから。

「定演が終わってホッとしてるかもしれないけど、すぐにまた、コンクールに向けての練習が本格的にはじまります。今までの練習がぬるく感じるくらいビシビシいくから覚悟して」

練習がはじまると、杉村は部員たちを見わたしてそう宣言した。

「はい！」

「あと、来月から野球部の大会もあって、決勝に進めばうちも応援で参加することになるから、演奏曲、各自確認しておくこと」

「はい！」

野球部の大会。

そのことばに、つばさの胸が高鳴る。甲子園ではないし、決勝限定だし、大介がベンチ入りできるのかもわからない。でも、いよいよ応援ができる。

「じゃあ、今日は課題曲の頭から……と言いたいところだけど、定演も終わったことだし……。春日、今日はなんの日？」

「え？　住吉《すみよし》のお祭り、ですか？」

とまどいながら春日が答えると、杉村はうなずいてから言った。

「今日はオフにするから、行ってよし！」

そのとたん、部員たちは飛び跳ねて歓声をあげた。

「やったぁーっ！」

「ただし！　ハメをはずしすぎないように」

「はい！」

どこにいても、白翔の吹奏楽部員であることの自覚を持って行動すること。杉村はそうつけくわえるのを忘れなかった。


春日たちによれば、放課後がオフになるなんてめったにないらしい。「せいぜい楽しんでおきなさいよ」と、春日たちは半分おどすように言って笑っていた。

日が暮れて、あたりが薄闇につつまれたころ。

つばさは浴衣《ゆかた》を着て、住吉神社へ向かった。ぼんぼりの灯った参道の両側には、たくさんの屋台がならんでいる。にぎやかなおしゃべりや笑い声にまじって、どこからかお囃子《はやし》も流れてくる。

マルコや佑衣《ゆい》たちといっしょに参道を歩いていると、つばさは人波のなかによく見知った人影をみつけた。色あざやかな花柄の浴衣、結い上げた髪にも花飾りをつけて、あでやかでひときわめだっている。

「陽万里ちゃん!」

「おー、つばさもこれたんだ」

陽万里は手をふって、かろやかなゲタの音をたてながらつばさのもとへ駆け寄ってきた。

「陽万里ちゃんの浴衣すがた、かわいい!」

「つばさも似合ってるよ」

おたがいにほめあって、ふふっと笑いあう。こういう場所で会うのは、学校でおしゃべりするのとはまたちがった楽しさがある。

ふと、陽万里はなにか思いついたような表情をすると、

「あ、そうだ! ごめん、ちょっと借りるね」

早口でマルコたちに言って、つばさの手をひっぱった。

「え、ちょっと、どうしたの?」

「いいから!」

わけのわからないまましばらくひっぱられていくと、そこにも、よく見知ったすがたがあった。

「城戸《きど》ー！」

陽万里の呼びかけに、焼きそばを立ち食いしていた大介と城戸がふり向いた。今日ばかりは、野球部も早めに練習を終了したらしい。

二人のいる屋台の前まで、陽万里はつばさをひっぱっていくと、

「私、城戸とちょっと話あるから、あとよろしく！」

こんどは、そう言って城戸の腕をつかんだ。

「え？」

つばさもとまどったが、城戸もぽかんとしている。

「え？　脇田《わきた》、なに？　話って？」

「うるさい」

城戸の腕を、ぐいぐい陽万里はひっぱる。「なに？　なんなの？」と城戸はくり返しながら、箸《はし》で焼きそばをはさんだかっこうのままでついていった。

「……行っちゃった」

あっけにとられているつばさの視界から、陽万里と城戸が消える。

残されたつばさと大介は顔を見あわせて、それから、おたがいに目をそらした。

少し鼓動が速くなっているのを感じながら、つばさはだまりこむ。学校とちがって、こ

ういう場所で二人になるのは、緊張するというか、なにを話せばいいのか……。大介も食べかけの焼きそばを手に持って、口を閉ざしている。

二人とも無言でその場に立っていたあと、

「お参りでも……しとく?」

と、大介は境内《けいだい》のほうを指さした。

お祭りにきた人たちはほとんどが屋台へ行っていて、拝殿《はいでん》近くにはあまり人影はない。にぎわいから離れた場所で、つばさは買った絵馬《えま》に、備え付けのペンで『目指せ! 普《ふ》門館《もんかん》』と書きこんだ。

「普門館?」

つばさの手もとをのぞきこんで、大介は首をかしげた。

「うん、吹部《すいぶ》にとっての甲子園みたいなところなんだって」

「へえ」

「やるからには、やっぱり上を目指さなきゃだめだなぁって。初心者がなにをずうずういこと言ってんだ、って感じだけど」

『普門館』は東京にあるホールの名前で、毎年、吹奏楽コンクールの全国大会がおこなわれる。すべての吹奏楽部員にとって、あこがれの舞台だ。でも、そこへたどりつくためには、甲子園と同じように、まず地方大会で金賞を獲《と》らなくてはならない。

「すごいじゃん！　夢が成長してる！」

大介に感心されて、つばさはてれ笑いした。

吹奏楽部へ入ったときには、かっこいいなあ、すてきだなあ、というあこがれだけだった。でも、今は、もっといっしょうけんめいやりたい、もっとうまくなりたい、と思っている。といっても、コンクールは定期演奏会とちがって、部内でも選ばれたメンバーだけしか出られないから、ほんとうにずうずうしい夢だけれど——。

「大介くんはなんて書いたの？」

大介の手もとを、つばさはのぞきこもうとした。ところが、大介はさっと絵馬を手でおって隠してしまう。

「えっと、俺も部活のこと」

「見せて」

「いいの、いいの」

大介は絵馬を持った手を高く上げる。

「えー、自分だけずるい！」

つばさは手をのばしたが、大介のほうが頭一つ分背が高いからとどかない。手をのばしながら飛び跳ねるようにして、なんとか絵馬をうばおうとする。

むきになって跳ねたひょうしに、慣れないゲタがかたむいた。バランスをくずして、大介の胸のあたりに倒れこむ。大介もとっさに、つばさをささえる。

つばさの目の前が、大介の白いシャツにふさがれた。

いそいでつばさは体を離したけれど、あたりに音が響いてしまいそうなほど心臓の動きが速まっている。

「……ごめん」

つばさがつぶやくと、大介も目をそらして小声で答えた。

「あ、いや……、ごめん」

それきり、二人ともだまりこむ。


つばさも大介も気づいていなかったけれど、近くの木の陰では、さっきから陽万里たちがようすをうかがっていた。

「お似合いだと思うんだけどなぁ」

陽万里はやきもきしながら、つばさたちをのぞいている。せっかく二人きりにしたのに、つばさたちはあいかわらず部活のことしか話さない。

すぐそばには、強引につれてこられた城戸もいる。

でも、城戸としては、大介のことも気になるものの、じつは、それ以上に陽万里のことが気になっていた。

脇田ってすてきだよなあ、と城戸は思いながら、あでやかな陽万里の浴衣すがたにみとれている。外見もきれいだけど、明るくて、親切で。こう言っちゃなんだけど、小野さんみたいにちょっと……、いや、かなりあぶなっかしい人がクラスでうかずにやってられるのは、脇田がついててあげてるからだよなあ……。

「脇田、あのー」

つばさと大介が絵馬をつけ終えて立ち去ったところで、城戸は思いきって、陽万里をさそってみた。

「せっかくだからさ、俺たちも、いっしょにまわらない？」

陽万里は目をみはって、じっと城戸を見つめる。それから、肩をすくめながら小声で答えた。

「べつにいい……けど」

城戸は小躍りしたい気持ちをなんとかおさえて、よっしゃっ、とひそかにガッツポーズをつくっていた。

6 決勝戦

定期演奏会から、一ヶ月近く。練習に追われるうちに日はすぎて、陽射しはだんだんとまぶしさを増していった。

七月下旬《げじゅん》のある日、一年四組の黒板のいちばん端には、『山田《やまだ》・城戸《きど》　公欠』と書かれている。

全国に先がけてはじまった夏の大会の地方予選で、白翔《しらと》高校野球部は順調に勝ち進んでベスト4まで残っていた。そして、今日は準決勝。レギュラーは二、三年生でほぼ固定しているらしいが、大介《だいすけ》も城戸もベンチ入りメンバーに選ばれている。

「あの二人がいないと、なんだか静かだね」

陽万里《ひまり》がそんなことを言いながら、大介の席のほうへ目をやる。

「うん」

つばさは答えながらも、そわそわしていた。

試合結果はどうだったろうか。開始時刻から考えると、そろそろ終わっているかもしれない。早く結果が知りたい。校内放送とかしないのかな、と考えていたとき、

「おい！　やったぞ！」

クラスの男子生徒が声をあげながら、教室へ駆けこんできた。なんだなんだ、と注目するクラスメイトたちへ、興奮ぎみに男子生徒はさけんだ。

「野球部、勝ったって！　決勝進出！」

その報告に、教室からいっせいに歓声と拍手がおこった。今年優勝できれば、白翔にとっては八年ぶりの甲子園《こうしえん》出場となる。クラスメイトたちは早くも、甲子園、甲子園、とコールしている。

「つばさ！　応援、行けるじゃん！」

「うん！」

大介との約束が、この夏にもかなうかもしれない。つばさと陽万里は手をとりあってよろこんだ。

夏の長い日も暮れたころ。

つばさは今日も部活のあとに自主練習をして、やっと家への帰り道をたどっていた。

あいかわらず朝から夜まで走りっぱなしのような毎日だけれど、あまり疲れは感じない。決勝戦の応援が楽しみで、今からうきうきしている。こんどは怖くて本番で吹けないなんてこと、絶対にしたくない。そのためには、練習、練習、練習あるのみ。

つばさは歩きながらも、頭のなかでトランペットを吹いてみる。ここをもりあげて、ここはちいさくして、と確認する。

大通りを歩いていたとき、少し先にある接骨院の玄関ドアがちょうど開いて、なにげなくそちらへ目をやった。

出てきた人を見て、つばさの足が止まる。あたりはすでに薄暗くなっているが、院内からもれた灯りではっきりと顔がわかった。

「森《もり》先輩？」

思わず呼びかけて、つばさは駆け寄った。森も立ち止まって、おどろいた表情をつばさへ向ける。

「あれ、なんで？」

「家、こっちなんです。先輩は？」

つばさはたずねてから、半袖《はんそで》ブラウスからのびる森の右手に目をとめた。手首から親指にかけて、白い包帯が巻かれている。

「あ、あの……」

ケガしたんだろうか。でも、今日の部活のときには、そんなようすはまったくなかったのに。つばさのとまどいを読んだように、森が先まわりして答えた。

「ただの腱鞘炎《けんしょうえん》。たいしたことないから。じゃあね」

早口でそれだけ言って、森は会話をうち切って歩き出した。が、数歩行ってから立ち止まる。それから、つばさのところへ足早にもどってくると、

「だれにも言わないでね」

と、低くささやいた。

「え?」

「ほら、みんなが心配するといけないから。言うときは、自分で言う。だから、つばさはだまってて」

森は笑みをつくろうとしているけれど、その口もとは不自然にひきつっている。

かならずだよ、お願いだからね、と念をおすように、森はつばさを見つめる。森のこんな表情は目にしたことがない。いつもにこやかな先輩なのに……。真剣なそのまなざしに

のまれて、

「……はい」

と、つばさはうなずくしかなかった。


翌日になっても、つばさは森のことが気にかかっていた。

あんなに包帯を巻いていたのに、たいしたことないようには思えない。でも、先輩にあれこれ口出しするなんて、とてもできないけれど……。

「おはよう」

その声に顔をあげると、大介が登校してきていた。

「おはよう。あ、決勝進出、おめでとう！」

「うん、ありがとう」

大介は笑顔でこたえたけれど、その笑みはすぐに消えていった。大喜びしているとばかり思っていたのに、なぜか大介の表情がさえない。

「どうかしたの？」

「俺、つぎの試合、出ることになった」

「え？　ほんと？　すごい！　あ、吹部も応援に行くからね」

そう言っても、やはり大介の表情はしずんでいる。つばさは気になって、声をおとしてたずねた。

「どうしたの？」

「先輩のケガで入ったから、やった、って感じじゃなくて。俺が先輩だったら、体がぶっこわれてでも出たいだろうなって思うから」

ケガしたのが碓井《うすい》だということが、なおさら大介の胸をしめつけている。

肩の痛みに耐えながら、「俺、つぎも出れますから」とくり返し監督にうったえた碓井の顔が目に焼きついている。それでも最後には、碓井はにごりのない声で、「大介、たのんだ」と捕手の座を託してくれた。どんなにかくやしかっただろうに——。

ケガということばに、つばさは息をのんだ。森の顔が思いうかぶ。白い包帯。「だまってて」と言ったときのせっぱつまった表情。

「……うん」

「そういう気持ちも、ちゃんとひきうけなきゃって」

大介の顔つきには、ピリピリとはりつめたものが感じられる。

「体がぶっこわれてでも出たい」——それが、いっしょうけんめいにやるっていうこと。それもまた、つばさが知らなかった気持ち。

まだ経験したことはないけれど、大介を見ていると、つばさの胸も痛くなってくる。

「私、応援がんばるから！　音はずしても、最後まで吹くね！」

つとめて明るい声を出してつばさが言うと、大介も定演のときのことを思い出したのか、やっと少し表情がやわらぐ。

「うん。すげぇ楽しみにしてる」

「行こうね、甲子園！　いっしょに！」

つばさと大介は笑みを交わして、よしっ、とおたがいに気合いを入れあった。


南北海道大会、決勝戦。

今日の対戦相手は、青雲《せいうん》第一高校。白翔と同じく伝統と実績があり、昨年も甲子園に出場した強豪校だ。

実力的には、五分と五分。あとは当日の調子次第、先取点を取ったほうが有利になるだろう、というのが試合前の予想になっていた。

試合がはじまってみると、予想以上に両校の力は拮抗《きっこう》していて、おたがいにつけいる隙《すき》をあたえない。先取点どころか、毎回無得点がつづく展開となった。

九回表。白翔の攻撃。

スコアボードには、いまだ0の表示がならんでいる。

『8番、キャッチャー、山田くん』

場内アナウンスとともに、大介が打席へ立った。

内野席に陣取っている白翔の生徒たちから「かっ飛ばせー、山田!」と声援が送られ、吹奏楽部《すいそうがく》もアップテンポの曲で雰囲気《ふんいき》をもりあげる。

『Our Boys Will Shine Tonight』——野球の応援とくればこの曲というくらい、昔からよく使われている有名なマーチだ。

その応援に後押しされたように、大介は甘く入った一球めを的確にとらえて弾丸のようにはじき飛ばした。全速力で二塁《にるい》まですべりこむ。ほこらしげにベースに足をかけて立ち、大介はベンチへ向かってガッツポーズを決めた。

白翔の生徒たちはメガホンをたたきながら歓声をあげて、吹奏楽部もヒットのファンファーレを奏《かな》でる。

しかし、つづくバッターはつぎつぎに打ちとられてしまい、結局、この回も得点にはならなかった。

九回の裏。

この回を守りきれば、延長戦へもちこめる。まだチャンスはある。

相手校の攻撃のときには、演奏はできない。じっとしていられない気分でも、すわって見守るしかない。

「暑いから、なにか楽器にかけなよ」

そわそわしているつばさへ、となりにいる水島《みずしま》が声をかけた。

「あ、そうだね。ありがとう」

つばさは首にかけていたタオルを、ひざへ置いたトランペットへかぶせる。反対どなりにいるマルコが、力づけるように言う。

「応援はうちらが勝ってるよね」

「うん」

つばさも大きくうなずく。

延長戦になってほしい。つぎの攻撃になったら、もっと強く吹く。もっと吹いて、もっともっと後押しする。

青雲第一の攻撃開始。

先頭バッターが打席に入る。白翔のピッチャーは疲れが出てきたのか、球にキレがなく、いきなりヒットを打たれた。

ノーアウト、二塁。

白翔がタイムをとり、選手たちがマウンドにあつまった。

伝令に走ったのは、ケガで控えに入っている主将の碓井。しきりと選手たちへ碓井は声をかける。そして、マウンドから去りぎわ、はげますように大介の背中をたたいていったのが、スタンドにいるつばさからも見えた。

つづく二人めのバッターは、早いテンポの投球でアウトにとった。白翔の生徒から拍手がおこる。

三人めのバッターは、積極的に打ってきた。

ファウルになったボールが、後方へ高く上がる。早くアウトをとりたい。その思いで、大介は果敢《かかん》にボールを追っていく。大介の目の前に、バックネットぎわの壁がせまる。

大介くん、あぶない……！

つばさは悲鳴をあげそうになった。ボールが落ちてくるのといっしょに、大介は壁にぶつかって地面へころがる。

しかし、立ち上がった大介は、しっかりとキャッチャーミットにおさまったボールを掲げてみせた。白翔の生徒が拍手でたたえる。

よかった……。大介の無事なすがたに、つばさは安心した。が、守備位置へもどっていくとき、大介が右肩のあたりをおさえたのが目にとまった。大介くん、どこか痛めたんじゃ……。つばさの胸を不安がかすめる。

つぎのバッターが打席へ入った。

ピッチャーは力をふりしぼって投げたが、コントロールがみだれてショートバウンドになってしまう。大介が体を使って、あやういところで球を止める。二塁にいたランナーが、それを見てすばやくスタートを切った。

何回も練習してきた場面、難なくアウトにとれるはずだった。

しかし、捕った球を投げようとした瞬間、大介の右肩に痛みが走った。投げたボールは三塁からそれて、サードは飛びついて捕球しようとしたがグローブはとどかず、ボールは外野深くまでころがっていく。

白翔側の内野席から悲鳴のような声がおこった。ランナーは猛然《もうぜん》と駆けていって三塁をまわり、ホームベースへつっこんでいく。

「サヨナラだー！」

「やったー！」

青雲第一側の内野席が大歓声にゆれ、ベンチから選手たちが飛び出していった。

試合終了のサイレンが鳴る。

甲子園出場は、二年連続で青雲第一が決めた。あと一歩のところで、白翔は今年も行けなかった。

ホームベースの後ろで、大介は立ちつくしている。

守備位置からもどってきた先輩たちが、大介の肩や背中を軽くたたいていく。それでも、大介は身動きできないでいる。

つばさもぼうぜんとして、大介を見つめていた。

今すぐ、大介のもとへ駆け寄りたい。でも、なんて声をかけたらいい……？　つばさの視界のなかで、大介だけが間近にいるように大きく映る。うなだれる大介のすがたに胸がきしむ。唇が震え、両手も震えてくる。

突然、すべての鳴り物が止んでいた場内に、トランペットの音色が響きわたった。

流れているのは、『Our Boys Will Shine Tonight』のメロディー。

みんなが音のほうを見る。

その視線の先にあったのは、トランペットを手にしたつばさだった。みんなが肩をおとしてすわっている白翔側の内野席で、つばさは一人だけ立ちあがって力いっぱいトランペットを吹いている。

白翔の生徒たちも、相手校の生徒たちも、審判も、グラウンドにいる両校の選手たちも、そして、大介も――場内にいる全員のまなざしが、つばさにそそがれる。

水島に腕をつかまれて、つばさはわれに返った。

マウスピースから唇を離してまわりを見まわすと、吹奏楽部の先輩たちが顔をこわばらせてにらみつけていた。

7　特別な存在

「自分がなにしたか、わかってる？」

学校へもどったあと、つばさは杉村《すぎむら》から音楽準備室へ呼び出された。杉村は腕組みをして、じっとつばさを見つめる。

「……はい」

ほとんど息だけのような声でつばさが返事をすると、杉村はドンッと机をこぶしでたたいて、火を噴くばかりのいきおいでさけんだ。

「わかってない！」

杉村がどなるのはふだんからだが、今回は練習のときの比ではない。鼓膜《こまく》をつきやぶって頭の奥へ刺さってくる。

「相手校からなにもなかったからよかったけど……。あなたのやったことは、あきらかなマナー違反なのよ！　白翔《しらと》の野球部と吹奏楽部《すいそうがく》には、伝統があるの！　それは先輩たちが積み上げてきたものなの！　それを、あんた一人の勝手な行動で、だいなしになるところだったのよ！　もっと集団で行動してることを自覚して！」

「すみませんでした……」

どんなに怒られようと、ひたすらあやまるしかない。とんでもないことをしてしまったと、つばさ自身もあとになって青ざめたのだから。マナーを守れない応援は野球連盟の規定で禁止されている。もし問題にされたら、野球部にまで――大介《だいすけ》にまで迷惑をかけてしまうところだったのだ。

うなだれるつばさを焼き焦がしそうな目でにらみつけたあと。杉村は天井をあおいで、ふーっと深くため息をついた。

どなり疲れたのか、あきれはてたのか、杉村はいくぶん声をやわらげてつばさへ問いかけた。

「なんで、いきなり吹いたの？」

なんで、と言われても……。つばさ自身にも、はっきりとは説明ができない。大介になにか声をかけてあげたくて、気がついたらトランペットをかまえ『Our Boys Will Shine

Tonight』を吹いていた。

つばさがだまっていると、さらに杉村はたずねた。

「野球部に好きな子でもいたの？」

その問いに、ハッとしてつばさは顔をあげる。

「いえ、そんなじゃ……」

消え入りそうな声であいまいに答えてまたうつむくと、上履《うわば》きに描かれた笑顔のマークが目に映った。

決勝戦の翌日。

大介は野球部の部室で、壁のいちばんめだつ場所に貼られているトーナメント表をぼんやりとながめていた。

あの表のてっぺんに白翔の名前を書くつもりだったのに。あと一歩だったのに。手がとどきそうだったのに。あのとき、ちゃんと送球できていれば……。

その思いばかりが頭のなかでぐるぐるとまわっていて、ほかのことはなにも考えられず、体にも力が入らない。

「自分のせいで負けたとか、ずうずうしいこと思ってんなよ」

その声にふり向くと、主将の碓井《うすい》がきていた。

碓井はユニフォームではない。制服すがただった。そのことに、また大介は胸がつまる。夏の大会が終われば、三年生は引退になるのだ。

目を合わせられないでいる大介に、碓井は無言で紙バッグをさし出した。

大介がうけとってみると、ずっしりと重い。なかをのぞくと、野球に関する本やノートが何冊も入っていた。

「俺はさ、二十四時間三百六十五日、夢んなかでも野球してた。それでも負けたら、まだたりなかったんだなって思うんだ」

静かに碓井は言う。それでも大介は、昨日のことを後悔せずにはいられない。

「これも、おまえにやるよ」

だまりこんでいる大介へ、碓井は一組のバッティンググローブをわたした。そこには、油性ペンで『甲子園《こうしえん》に行く！』と書かれていた。

碓井の三年間がしみこんだグローブ。

大介は手にとって見つめる。このグローブをくれる意味が、碓井の気持ちがつたわってくる。夢はおまえに引き継いだ。おまえがかなえてみせろ。ことばにはしない気持ちが、このグローブにこめられている。

「おまえは、後輩つれてってやれよ、甲子園」

それだけ言って、碓井は背を向ける。

「あざっした！」

大介は姿勢を正すと、直角に体を折っておじぎをした。先輩の気持ちはたしかにうけとりました、というように。

碓井は軽く右手をあげてこたえる。そして、ふり返ることなく部室を出ていった。


今日から、グラウンドに三年生はいない。

俺のせいで負けたんだなんて、自分を哀れむな。後悔は、前へ進む力に変えろ。

大介は自分に言い聞かせて、いつもにまして練習にはげんだ。ぼんやりしているひまはない。今日からは、碓井の夢も背負っていくのだから。

かたづけを終えて、校門へ向かって歩いていく途中、近くにいる男女のグループに目がとまった。

吹奏楽部員、トランペットの一年生だと気づいて、大介はそちらへ駆け寄っていく。グループのほうも大介に気づいて足を止める。

「応援、ありがとうございました」

大介は深く頭を下げた。が、顔をあげたとき、つばさがいっしょではないことに気がついた。遅れているのかと左右を目でさがしてみる。

「……小野《おの》さんは？」

大介の問いに、水島《みずしま》が短く答えた。

「謹慎《きんしん》処分だよ」

どうして……と問い返そうとして、すぐに大介はその理由を察した。

「試合んとき、一人で吹いたから？」

マルコと佑衣《ゆい》は困ったように顔を見あわせる。またも水島がそっけなく言った。

「自業自得《じごうじとく》」

「水島、言いかた」

マルコは横からたしなめて、

「私は、つばさが吹きたくなったのわかるよ。野球部のみんな、すごくがんばってたし」

そう言って、大介をねぎらう。

「惜しかったね」

佑衣も大介に声をかける。

でも、二人のなぐさめは、ほとんど大介の耳には入っていなかった。大介は一礼をすると、校門へ向かって駆け出した。

「野球部に好きな子でもいたの？」——杉村から問われたことが頭から離れない。

ひさしぶりに朝から夜までずっと家ですごすあいだも、つばさは昨日のあの問いのことばかり考えていた。

これじゃだめだ、むだにしている時間はないのに。謹慎中に、ふだんできないことをやっておこう。そう思って楽譜の整理をはじめたりしても、すぐに手が止まってしまう。

つばさはため息をつきながら、ベッドの上へ仰向《あおむ》けになって倒れこんだ。天井をながめていると、大介の顔がうかんでくる。

「好きな子」、なんて……。そんなじゃない。

大介は、クラスメイト。友達。

試合のときには、なにか声をかけたくて、なにかせずにはいられなくて……。ただ、それだけだった。

でも——。

あんなふうに話せる男子は、ほかにはいない。

大介はいつも話を聞いてくれて、はげましてくれる。大介には、なんでも話したくなる。

大介が笑っていると、つばさもうれしくなる。大介がつらそうにしていると、つばさの胸も痛くなる。

そんなふうになるのは、大介だけ。

大介は、特別。

いつから？　いつから、そんなふうに思うようになったんだろう？

お祭りで絵馬《えま》を書いたとき？　定期演奏会のあとで、笑顔のマークを描いてくれたとき？　自転車を貸してくれたとき？

そうじゃない、もっと前から――。

入学式の日、展示ケースのところで出逢《であ》ったとき。

つばさは人見知りで、初対面の人にはなにも言えなくなってしまうのに、大介とだけはちゃんと話ができた。

「約束ね！」と笑ってくれたとき、あのときからもうずっと、特別な存在として大介はつばさの心のなかにいる。

大介は、特別な存在。

その子だけは、ほかの男子とはちがう。もしかしたら、それが「好きな子」ってこと？

ベッドで横になっているのに、つばさの鼓動が速くなってくる。特別っていうことは、好きってこと？

「つばさー」

ふいに、階下から母親の呼びかける声が聞こえてきた。

「お客さんよー。山田《やまだ》くんって男の子ー」

山田くんって……、大介くん⁉

つばさはベッドから飛び起きた。

まさか、まさか、と思いながら階段をおりていくと、玄関の外に、自転車をひいた大介のすがたがあった。今まさに大介のことばかり考えていた、つばさの心のなかからあらわれ出てきたように。

「ごめん、脇田《わきた》に住所聞いた」

二人で夜の道をゆっくりと歩きはじめると、大介はまずそう言った。

「あ、そっか、陽万里《ひまり》ちゃんに……」

つばさは横にならんで歩きながら、ぎこちなくうなずく。鼓動はますます速まっていて、大介の顔をまともに見られない。

「明日、俺も先生にあやまりに行くよ」

そのことばで、大介が家まできた理由がわかった。

謹慎中だということを知って、それでわざわざきてくれたのだ。今日も遅くまで練習があって、疲れているにちがいないのに。

「いいの！　私が好きでしたことだから……。あ、好きって、変な意味じゃなくて、その……」

「小野、いいやつすぎ」

ふっと大介はつばさに微笑《ほほえ》んで、それから、表情をひきしめた。

「俺、強くなるから」

「え？」

「もっと強くなって、小野一人に吹かせるようなこと、もう絶対しないから。友達に、そんなことさせないから」

「友達……」

なにげない大介のことばが、思いがけないほど重くつばさの胸へぶつかってきた。

自分でも友達と思っていたくせに、大介の口から「友達」と言われてしまうと否定したくなってくる。友達では、いやだ。いいやつとか、友達とかじゃなく、それだけじゃなくて、もっともっと……。

「私……」

つばさは足を止めた。

速まっている鼓動をおさえて、思いきって横を向く。大介も同じように足を止めて、つばさのほうを向いている。

ごく間近、頭一つ分高いところに、大介の顔がある。それを目にしたとたん、つばさの心臓が震えた。

こんな気持ち、今までなったことがない。だれかを見ているだけで、息苦しいくらい鼓動が速まったり、うれしくなったり、胸が痛くなったり……。

淡い月の光にうかぶ大介の顔を見ているうちに、おぼろな想いは、つばさのなかで確信になった。

大介は、特別な存在。

その特別は、好き、ということだったんだ。

「大介くんのこと……、友達じゃなくて、好き、って言ったら困る？」

つばさのことばに、大介が息をのんだ。

大介はまばたきも忘れて、つばさを見つめる。つばさは体をこわばらせて、夜道でもわかるほど頬《ほお》を赤くしながら、大介を見つめ返している。

大介の目の端に、自転車のカゴに入っているバッティンググローブが映った。碓井のグローブ。そこにある『甲子園に行く！』の文字が大きく迫ってきて、大介はつばさから目をそらした。

「あ、あの……」

無言でいる大介を前にして、つばさの胸に、さっきまでとはちがう波立ちがおこりはじめる。

「俺……、今、野球に集中したい。だから……、小野とはつきあえない」

苦しげに大介は眉《まゆ》を寄せて、それだけ告《つ》げた。

「ごめん」

大介は顔をふせる。

つばさはなにも言えずに、ぼうぜんとして立ちつくしていた。

8　悲痛なさけび

「なんでだよ」

練習前、野球部の部室で、城戸《きど》は納得できないといった表情をして大介《だいすけ》をにらんでいた。

「脇田《わきた》も、てっきり大介は小野《おの》さんが好きなんだと思ってた、って」

城戸にしても、大介のつばさに対する態度はほかの女子とはちがう、となんとなく感じていた。きっかけ次第でつきあうかも、と思っていたのに――。

大介は着替えの手を止めて、なにか言いたげにしながら城戸を見た。

「なんだよ？」

言いたいことあるなら、はっきり言えよ、と城戸がにらみ返す。

「俺は、期待を裏切ったんだ」

音をたてて、大介はロッカーの戸を閉めた。

「自分が試合出て、甲子園行けなくて、先輩たちの夢も小野の夢もつぶして、つきあったりしてる場合じゃねぇだろ！」

大介が声を荒らげても、城戸はひるまない。

「俺、今、おまえのこと、初めてバカだと思ってるから」

城戸にそう言われて、大介の表情がゆらぐ。が、なにも言い返さずに、城戸の視線をふりきるように出ていく。

一人残った部室で、城戸はため息をついていた。


なんて無謀《むぼう》なことしたんだろう、告白なんてするつもりなかったのに……。

あれから数日たっても、つばさは後悔にさいなまれていた。

「だいじょうぶだよ、今までどおりにしてれば。大介のことだからさ、ふつーにしてくれるって」

陽万里《ひまり》はそうなぐさめてくれるけれど、大介と顔をあわせづらい。

なによりも、大介を困らせるようなことを言ってしまった。大介はなにも悪くないのに、「ごめん」とあやまらせてしまった。そのことが、いちばん悔やまれる。

たぶん、期待していた。心のどこかで、ちょっとだけ期待していた。うれしいとか言ってもらえるんじゃないかな、なんて……。

だめだ、部活のときはしっかり気持ちを切り替えていかなくちゃ、とつばさは自分に言い聞かせた。

やっと謹慎がとけて、今日から部活がはじまる。

来月末には、コンクールの地方予選がある。つばさはメンバーには選ばれていないが、いっそう気合いを入れていかねばならない時期なのだ。まずは、春日《かすが》たちにあらためてあやまらなくてはいけない。

音楽室の前で、つばさは深呼吸する。

それから戸を開けると、目に入ってきたのは、春日やほかの三年生たちが森《もり》をとりかこんでいる光景だった。みんな険《けわ》しい顔つきをしていて、おしゃべりしているという雰囲気《ふんいき》ではない。

なにかあったのかととまどっていると、森がつばさのほうを向いて声を荒らげた。

「あんたが言ったの⁉」

「え？」

ぽかんとしているつばさに、春日がおちついた口調でたずねた。

「つばさ、知ってたの？　優花《ゆうか》の腱鞘炎《けんしょうえん》」

あっ、そのことか、とつばさは気づいた。つばさがだまっていると、代わりに森が春日にうったえた。

「私が言うなって言ったんだよ。あんたに言ったらはずされるから」

「はずすよ、あたりまえじゃん。前の合奏のときから微妙にテンポずれるから、おかしいと思ってたんだ」

春日に指摘されて、森はことばにつまった。毎日いっしょに練習している部員の耳はごまかせない。ほんのわずか、たぶん部外の生徒にならまったくわからないちがいまで敏感に聞き分ける。

「手が治るまで、メンバーにはもどさない」

春日はきっぱりとした口調で、森へ告《つ》げた。

「それって、コンクールはあきらめろってこと⁉」

森は金切《かなき》り声をあげて、春日へつめ寄っていく。それでも、春日は冷静な態度をくずさない。

ほかの三年生たちが森をおしとどめながら、口々になぐさめる。

「優花……」

「まだわかんないじゃん。一ヶ月あれば……」

「とにかく、早く手を治してさ……」

でも、森はそれをふりはらって、激しく首を横へふった。

「間に合うわけないじゃん！　それぐらいわかるよ！」

森の声は、ほとんど悲鳴のようだった。

三年生たちも、もうなぐさめを口にできなくてだまりこむ。たとえ、一ヶ月で痛みがおさまったとしても、休んでいたあいだににぶった技術や感覚をとりもどすのはほぼ不可能に近い。

「……辞める」

ぽつりと、森はつぶやいた。

「コンクール出られないなら、もう辞めるよ！　なんのために白翔《しらと》に入って……、今までこんな……」

森の声に涙がにじむ。つづきをことばにすることなく、森は三年生たちをおしのけるようにして音楽室から駆け出していった。

つばさはぼうぜんとしてなりゆきを見守っていたけれど、やっとわれに返って、森を戸口まで追っていく。でも、春日に後ろから、

「つばさ、練習はじめるよ」

いつものように静かだけれど、うむを言わせない口調で止められて、それ以上追いかけることはできなかった。

辞めると宣言したとおり、翌日から、森は部活に出てこなくなった。森と仲のいい三年生によると、メールしても返信がないという。

練習が終わったあと、つばさは森の住所をおしえてもらって、住んでいるマンションへたずねていった。

同じ吹奏楽部《すいそうがく》の一年生だと名のると、森の母親はこころよく応対してくれた。でも、森本人はあらわれない。

「優花、ちょっとだけでも出てきたら？　優花、優花」

何回も母親が呼びかけているのが、廊下《ろうか》の奥から聞こえてくる。それでも、森がすがたを見せることはなかった。

「ごめんなさいね。今は、だれにも会いたくないって」

玄関へもどってきた母親は、つばさにそう言ってため息をおとした。森は自分の部屋にとじこもりきりで、家族とさえ顔をあわせるのをいやがっているらしい。

「また、きます……」

つばさは母親におじぎをして、森のマンションをあとにした。でも、むだ足だったとは思わない。

また明日、こよう。

つばさはそう決めていた。


その翌日も、翌々日も、つばさは練習が終わったあと、まっすぐには帰宅せずに森のマンションへ向かった。でも、やはり森は出てこない。

「ごめんなさい。どうしてもいやだって言ってて……」

「わかりました。また、明日きます」

母親と同じようなやりとりをくり返しては、森に会えないままに帰る。

そうやって森の家へかよいつづけて、何日めか、

「何度も、ほんとにごめんなさいね」

「そうですか……」

また同じやりとりを母親とかわして、つばさが帰ろうとしたときだった。

いきおいよくドアが開けられる音が聞こえたかと思うと、廊下の奥から森がすがたをあ

らわした。

　フローリングに荒っぽい足音をたてながら、森が玄関へやってくる。やっと出てきてくれた。つばさはホッとして、先輩、と呼びかけようとしたけれど、それよりも先に森がつばさにつめ寄った。

「あのさあ！　毎日毎日毎日家までおしかけてきて、いったいなんなの！」

「あの……」

「ほっといてよ！　会いたくないんだよ！　吹部《すいぶ》の人になんか！」

「部活、きてください。私、先輩にいてほしいんです」

　森の剣幕《けんまく》にひるみながらも、つばさはうったえた。

　音の出し方さえ知らなかったつばさに、トランペットのことを一からおしえてくれたのは森だった。森がいなくなるなんて、いやだった。さみしい。辞めないでほしい。ただ、そのことをつたえたかった。

　けれども、森はつばさをつっぱねるように声を荒らげた。

「あんたはいつもそうやって、綺麗事《きれいごと》ばっかり。さむいんだよ！」

「優花！」

　母親がたしなめても、森はさらに言いつのる。

「いいかげん気づいたら？　あんたみたいな才能もない初心者は、三年間どんなにがんばったってメンバーになれないんだよ！　今までずっと、バカじゃないのこいつって思ってたよ！」

つばさは息をのんだ。森の辛辣《しんらつ》なことばが、つぎつぎにつき刺さる。

「私の気持ちなんか、あんたにはわからない！」

全身からふりしぼるようにさけんだあと、はっとして森は口をつぐんだ。つばさの目がうるんでいる。そのことに気づいたからだった。

涙をにじませながら、つばさは森を見つめる。

森にこんなふうに思われていたのは、悲しい。でも、どんなにひどいことばを投げつけられても、腹をたてる気にはなれなかった。

だって、たとえ心のなかでどう思っていようと、森はいつもやさしくおしえてくれた。根気よく、わかりやすいように考えて、ていねいに説明してくれた。そのこともまた、ほんとうなのだから。

「帰って！　もうくるな！」

森は背中を向けると、廊下を駆けもどっていく。その背中に向かって、つばさは声に力をこめて言った。はっきりと森の耳にとどくように。

「またきます！」

翌日、部活のはじまる前。

つばさは音楽室で、棚《たな》に置かれた森のトランペットケースを見つめていた。このケースはもう何日も開かれることのないまま、森の名前が記された場所で眠っている。

「つばさ、優花先輩の家、行ってんだって？」

マルコがとなりへ立って話しかけてきた。

「うん、先輩には、もうくるなって言われたけど……」

部内では、森の話は出ない。パート練習しているときにも、春日はまったく森のことを話題にしない。

「私も行く」

マルコがきっぱりと言った。

「マルちゃん……」

つばさたちのやりとりが聞こえたのか、三年生数人がつれだって歩み寄ってきた。

「私たちも、いっしょに行っていい？」

「先輩……」

だれも話題にはしなかったけれど、心配している人がこんなにいた。ほかにもきっと、森を気にかけている人はたくさんいる。

「こない人、心配してるひまないと思うけど」

その声にふり向くと、春日がいた。春日は自分の楽器を棚から出すと、背中を向けてその場から去っていく。

「でも……」

つばさは春日を追おうとしたけれど、そばにいた三年生たちが、いいから、と言うように首を横へふってそれを止めた。

なんとしても、今日は直接顔を見て話をしよう、みんなで説得しよう。つばさにマルコ、それに三年生たちは、森の家へ向かう道すがらそう話しあった。

あつまった人数を見て、森の母親はおどろいていたけれど、森のいる部屋の前まで案内してくれた。

レバーハンドルを動かしてみたが、鍵《かぎ》がかけられている。ノックをしても返事はない。

「先輩！」

「優花！」

閉ざされたドアへ向かって、つばさたちは口々に呼びかける。

「先輩！　お願いします！　先輩にもどってきてほしいんです！」

つばさはひときわ大きな声を出した。

「私、バカだけど……、初心者だけど……、森先輩のおかげで、部活が楽しいって思えるようになりました。もっともっとうまくなりたいって思えるようになりました。だから、もどってきてください……」

ドアにはりついて、つばさはうったえる。

「……帰って。もうこないでって言ったでしょ」

弱々しい声が聞こえて、つばさたちは顔を見あわせた。すぐそばに森はいる。どうすれば会ってくれるのか。

つばさたちが途方にくれたとき、玄関からチャイムの音が聞こえてきた。母親が応対しに廊下をもどっていく。やがて、フローリングを踏みしめるような足音が近づいてきて、つばさたちは目をみはった。

あらわれたのは、春日だった。

春日は無言のまま、つばさたちをおしのけて部屋の正面へ立つと、

「出てこい！」

ぴったりと閉ざされたドアを、ドンッとこぶしでたたいた。ノックなんてものじゃない、なぐりつけるようにたたく。

「みんな、あんたを必要としてるのに、なんでそれがわからないの！　出てこい！」

ドンッ、ドンッ、と春日はドアをたたく。

「約束したじゃんか、一年のとき。普門館《ふもんかん》いっしょに行くって約束したじゃんか。みんなで約束したじゃんか！」

「なんなの、あんたたち！　いいかげんにしてよ！」

ドアのすぐ向こうから、森がさけんだ。その声は痛切で、どなりながらも語尾が震えていて、涙がまじっているようにも聞こえる。春日はやめず、さらに声を大きくした。

「聞けよ！　みんな、あんたと行きたいんだよ！」

「帰れっ！」

「帰るよっ！」

いつも冷静な春日が、荒っぽく言い返す。

「帰りません！」

割りこんだのは、つばさだった。つばさはドアへ向かって、すぐそこで聞いているはずの森へ向かってもう一度うったえた。

「帰りません……。先輩、部活、きてください。先輩が普門館行けるためとか、先輩が後悔しないようにとかじゃないです。ただ、先輩にいてほしいんです。それだけなんです」

つばさのことばが、涙にくずれていく。

そのあとに、三年生たちもつづいた。

「私も、優花がいないと寂しいよ」

「優花、もどってきてよ」

三年生たちもみんな、頰《ほお》を濡《ぬ》らしてしゃくりあげている。それでも、ドアが開けられることはなかった。

「帰るよ。全員、泣きやんで」

しばらくの沈黙のあと、春日がいつもの静かな口調にもどって指示した。つばさもマルコも、三年生たちも、目もとを手でぬぐいながら立ち去る。

少し離れたところで見守っていた母親の前まで行くと、春日は姿勢を正して、

「うるさくして、すみませんでした」

母親に向かって、深く頭を下げた。それにならって、つばさたちも頭を下げる。

「優花には、いい仲間がいるんですね。ありがとうね」

母親はそう言って、涙ぐみながら微笑《ほほえ》んでいた。

マンションから出ると、外はすでに夜の色につつまれていた。

とおりすぎる車のライトにときおり照らされる道を、つばさたちは重たい足どりで歩いていく。だれも口を開かない。森のことが気がかりで、今出てきたばかりのマンションへまたもどりたくなってしまう。

いっしょうけんめいというのは、つらいこと——耳のなかでよみがえる森の悲痛なさけびに、つばさはそう感じていた。いっしょうけんめいであればあるほど、それをうばわれたときには苦しみを味わう。

「あんたに私の気持ちなんてわからない！」——森の言うとおりなのかもしれない。本気でうちこんだものをうばわれる気持ちもまた、つばさはまだ経験したことがないものだったから。でも、たいせつな先輩をこのまま失ってしまいたくない。そのことだけを、いっそう強く思う。

明日もこよう、何回でもこよう、とつばさは考えていたけれど、先頭を行く春日がそれを察したように、

「もうくるの禁止。メンバーはもっとコンクールに集中して」

と、きっぱりした口調で命じた。つばさたちは顔を見あわせてから、消え入りそうな声

で返事をした。

「……はい」

部長である春日に禁止されたら、その指示にしたがうしかない。森のことが心配なのは、春日だって同じはずだった。

時間の余裕はない。練習に集中しなくてはいけない。それが正しいことなんだとわかっている。よくわかっているのだけれど……。

しかし、春日のことばにはつづきがあった。

「金獲《と》って、優花のこと、普門館につれていくんだから」

うつむきがちだったつばさたちは顔をあげて、そろって春日を見つめた。

森の目標でもある、普門館。

こうして家へたずねていくことで少しでも練習に支障が出てしまったら、それを森がよろこぶわけはない。それに、普門館でおこなわれる全国大会は十月末。地方予選からさらに二ヶ月の時間ができるから、そこでなら森の復帰が間に合うかもしれない。

「はい！」

今、自分たちがすべきこと。

森のためにも、やるべきこと。

ようやくそれをみつけて、つばさにマルコ、三年生たちも、こんどはためらいながらではなく心から、声を合わせて力強く返事をした。

9　三年生たちの涙

普門館《ふもんかん》へ行くためには、まず、北海道大会で金賞を獲って、全国大会の代表に選ばれなくてはならない。

全日本吹奏楽《すいそうがく》コンクール、北海道大会の日。

会場となっているホールの控え室に、白翔《しらと》の部員たちはすでに全員あつまっていた。

つばさのように出場しない部員はふだんの制服だけれど、メンバーはそろいの赤いブレザーを着ている。

伝統校と呼ばれるところは、たいていコンクール用の衣装を持っている。この会場でも、すれちがった他校の生徒たちなどが、赤いブレザーを見ただけで、「ほら、白翔」「あ、白翔だ」とささやきあっていた。

夏休みは連日、メンバーは一日の休みもなく練習にはげんだ。つばさたちも毎日登校して、メンバーが練習に集中できるようにサポートしたり、当日のスケジュール調整、楽器運搬など、何回も手はずを話しあった。万が一にもトラブルのないように、念には念を入れて確認しておく。

そうして、ようやく、この日へたどりついた。

みんな表情をひきしめていて、今日ばかりは杉村《すぎむら》の顔にも緊張がうかがえる。杉村は部員たちを見わたしてから、コンクール開始前最後の話をはじめた。

「今までの練習を思い出して」

「はい！」

「どこよりも厳しい練習をしてきたつもりです。おちついてふだんどおりやれば――」

ふいに、杉村がことばを止めた。

杉村はだまったまま、入口のほうを見つめる。部員たちもふり返ってみると、そこには森《もり》のすがたがあった。

みんなの視線をうけて、森は深く頭を下げた。

「先輩……」

「優花《ゆうか》……」

見つめるつばさや三年生に、森は微笑んでから、しっかりとした声で言った。

「心配かけて、ごめん。客席で、ちゃんと見とどける」

それをきっかけに、みんなが森のまわりへあつまっていった。ずっと休んでいたことをなじる部員はだれもいない。森がきたことを、みんながよろこんでいる。

「ほら、グズグズしてるひまないよ！　円陣組んで！」

杉村の指示で、部員たちは肩を組んで大きな輪をつくる。

「いくよーっ！」

春日《かすが》が気合いを入れて、それから、ここぞ、というときの合言葉を大きな声でかける。

それは旗に書いてある、あのことば。

「一心不乱ッ！」

部員たちも声を合わせて、それにこたえる。

「一心不乱ッ！」

控え室にメンバーを残して、それ以外の部員たちはひとかたまりになって客席へついた。

他校の部員たちも、それぞれかたまって席についている。

「つばさ、この前……、ごめん」

となりにすわった森はまずそう言って、ちいさく頭を下げた。

「先輩としても、仲間としても、言っちゃいけないこと言った。……ごめん」

「いえ……」

つばさは首を横へふった。

がまんしているわけじゃない。こうして、森は会場へきてくれた。それで充分だった。ここへくるのには、きっと勇気をふりしぼったはずだ。いっしょうけんめいやるのは勇気が要ること。そのことを、あらためて森はおしえてくれている。

「言われても、しかたないです。ほんとのことだから。でも、それでも、私、メンバー目指します。いつか、あのステージに立ちたいです」

バカだよなあ、と自分でも思うときがある。

でも、いろいろなことがあっても、トランペットを吹きたいという気持ちが消えることはなかった。入部したときより、もっとトランペットが好きになっている。だから、ずうずうしいかもしれないけれど、その気持ちにしたがっていきたい。

「あんたががんばってんのは、知ってる。私が、いちばんよく知ってるから」

森はうなずいて、つばさに向かって微笑みかけた。森の表情は、根気よく吹き方をおしえてくれたあのころにもどっている。

「ほら、はじまるよ！」

マルコがステージを指さして、はずんだ声で言った。

拍手にむかえられて、白翔のメンバーがきびきびとした足どりで登場した。

額縁《がくぶち》のように真紅《しんく》の幕が掛けられたステージ。飴色《あめいろ》をした板張りの床が、たくさんのライトに照らされてつやつやと光っている。そのなかで、そろいの赤いブレザーがあざやかに映えている。

すごい、先輩たち、かっこいい。つばさはうっとりと見つめた。客席にいるつばさの胸も高鳴ってくる。

『つづきまして、８番、札幌《さっぽろ》白翔高等学校。課題曲Ⅲ。自由曲、交響詩「ローマの祭り」より。指揮は、杉村容子《ようこ》』

アナウンスが流れる。

スーツを着た杉村が一礼すると、客席からの拍手が大きくなった。杉村が指揮台にのったのを見て、ぴたりと拍手はおさまる。

静寂のあと、杉村の両手がふわりと躍るように動いたと同時に、金管《きんかん》と木管《もっかん》楽器の創りあげる華やかな群舞がホールいっぱいにあふれだした。

『ただいまより、コンクールの結果発表をおこないます』

全出場校の演奏が終わって、審査を待つのを兼ねた休憩時間のあと、ほぼ満員になっているホールにアナウンスが流れた。

「いよいよだね」

マルコが緊張した表情でささやいてきた。

「う、うん」

つばさも息をつめて、ステージを見つめながらうなずく。

演奏した順に1番の学校から、ゆっくりとした口調のアナウンスが結果を発表していくたびに、客席のあちこちから歓声やため息がおこる。

きっと金賞を獲《と》れる、とつばさは確信していた。先輩たちの今日の演奏はすごくよかった。強弱もなめらかに表現されていたし、そろっていなかったところもないし、練習のときよりさらに迫力があった。

5番、6番、7番、と順番が近づいてくる。

『8番、札幌白翔高等学校――』

となりにいる森の手がのびてきて、祈るようにつばさの手をつかんだ。アナウンスがひときわ大きく感じられる。

『……銀賞』

結果を告《つ》げられた瞬間。

つばさも、マルコも、森も、近くにすわっている部員たちもみんな息をのんで、そのままだまりこんだ。聞きまちがえたのではないのかと、信じられずにとまどっているような沈黙。

「白翔、銀賞だって」

「へー、白翔がねえ」

他校生のささやきが聞こえる。白翔の部員たちのとまどいにかまわず、アナウンスは発表をつづけていく。

『9番、栄南《えいなん》大学付属高等学校――。ゴールド、金賞！』

つばさたちがすわっている後ろあたりの席から、大きな歓声がおこった。

身動きもできないでいる白翔の部員たちのすぐそばで、栄南の部員たちはこれ以上ないほどの笑顔で両手のこぶしを何度もつきあげ、つぎつぎに抱きあってよろこびを分かちあっていた。

「うちのほうが絶対うまかったのに……」

「審査員の好みだよ、あんなの……」

終演後、会場の外に集合した白翔の部員たちは、一、二年生を中心にして、しきりと不満をもらしていた。

実際、あとから公表されるスコア表を見ると、審査員によって評価にはかなりばらつきがあるのだ。ある審査員からは満点に近い高評価をうけている学校が、べつの審査員からはその半分程度の点数しかつけてもらえていなかったりすることもある。

「実力どおりの結果です」

しかし、杉村は冷静にそう言いきった。

「だれが審査員でも、何回演奏しても、結果は同じでしょう」

そのことばに、不満をもらしていた部員たちも口をつぐんだ。たしかに、審査員によってばらつきはあっても、代表に選ばれるほどの学校はかならず全員一致で高い点数を得るからだった。

だれの耳にもすばらしいと感じさせる演奏でなくては、金賞は獲れない。まして、全国大会へは進めない。審査員にもんくをつけながらも、白翔へ入ってくるような生徒たちはそのこともわかっていた。まぐれはない、と。

「けれど、きみたちは充分りっぱな演奏でした。ごくろうさま」

杉村はそう言ってねぎらった。

でも、それで安堵《あんど》の表情に変わった部員は一人もいない。目指してきたのは、あくまで金賞を獲ることだった。

「優花……」

つばさたちといっしょにいる森のところへ、春日が歩み寄ってきて、

「ごめん」

と、頭を下げた。

「全国に行けなくて、つれていけなくて、ごめん。そんな演奏しかできなくて、ごめん」

春日のことばに、森は首を横へふった。

「……そのごめんは、要らない。私にはとどいたから。だから、ごめんは要らない」

「優花……」

「ありがとう、春日」

森は微笑《ほほえ》む。その頬《ほお》に涙がつたっていく。

まわりにいる三年生たちも、みんな泣いていた。一年生も、二年生も、つばさも、涙があふれて止まらなかった。すごくいい演奏だったのに、あんなに練習していたのに、きっと金賞だと思ったのに……。

「泣くな」

ふいに後ろから、つばさは杉村に肩をつかまれた。

「泣いていいのは、三年間、すべてをかけてきた人だけ。先輩たちの涙を、ちゃんと焼き付けなさい」

杉村の指に、力がこもる。

つばさは涙をぬぐって、春日や森や、抱きあって泣いている三年生たちを見つめた。

白翔の伝統。

そのことばを、吹奏楽部に入ってから何回も耳にしてきた。歴史がある、実績がある、という意味にしか考えていなかったけれど――。

それだけではなく、先輩たちの努力、悔しさ、涙。すべてがしみついた重いことばなのだ。そのことを、やっとつばさは知った。そして、それを引き継いでいく大きな流れのなかに、自分はいる。

だから、まだ涙は止められないけれど、つばさは目をそらさないで三年生たちのすがたを心に刻みつけた。


翌日の朝。

　大介《だいすけ》はいつものように、草の匂《にお》いのする涼やかな空気を切って自転車を走らせていた。夏の大会が終わった後も、朝練はずっとつづいている。試合で勝つためには、とにかく練習するしかない。

　休みなくペダルを踏んで走っていると、ふと道の先に、通学カバンをさげた白翔の制服すがたをみつけた。

　つばさだと、すぐに大介にはわかった。

　軽快なタイヤの音とともに近づいてくる大介を、つばさは少し緊張した表情をうかべて待っている。

「コンクール、残念だったな」

　大介は自転車をおしながら、つばさとならんで歩いていく。

　吹奏楽コンクールの結果は、その日のうちにひろまっていた。注目されている部のことは、すぐに生徒たちのうわさになる。

「吹部、全国のがしたってよ！」

「え！　まじかよ？　吹部、やべぇんじゃね？」

　そんなふうに騒いでいる生徒たちもいた。

「うん……」

つばさは歩きながら、静かにうなずいた。

「大介くんが強くなりたいって言ってた意味、やっとわかった。私、すっごく甘かった。全国がどんなところかもわかってないで、『普門館行きたい』なんて……」

昨日の結果を、杉村は「実力どおり」と言っていた。

メンバーは毎日けんめいに練習していたけれど、全国大会へ進むためには、あれ以上の演奏をしなくてはならないということ。同じ北海道のなかにさえ、もっともっとうまい高校があるのだ。

「私、強くなるね。もっともっと、がんばる。だから、これからも大介くんのこと応援していいかな?」

つばさは足を止めて、大介を見あげた。

「私、好きになったのが大介くんでよかった。初めて失恋したのが大介くんで、ほんとによかった」

たとえふられても、想いが色褪《いろあ》せることはない。

大介を応援したい。あの約束を実現させたい。その気持ちは失せるどころか、ますます強くなっている。

微笑みながら見あげるつばさを、大介もじっと見つめる。

「小野《おの》、握手しよう」

とうとつに、大介がそう提案した。

「え？　なんの？」

「そうだなー」

うーんと大介は少し考えるようにしてから、笑って言った。

「おんなじ場所を目指す〝同志〟の握手」

大介の笑顔に、つばさは胸がつまる。突然告白して困らせたのに、大介は変わらない笑顔を向けてくれる。

大介が右手をさし出した。

褐色《かっしょく》に日焼けしている手をつばさは見つめてから、自分も手をさしのばした。

手のひらと手のひらが重なりあう。つばさと大介は見つめあいながら、おたがいの手をにぎりしめる。

「よし！」

つばさはひとつうなずくと、一人で先へと駆け出した。

つばさの手のひらに、大介の体温が残っている。この握手に恥じない〝同志〟になりたい。

今日からまた、前を向いてがんばる。

大介がいそいでサドルにまたがって、力をこめてペダルを踏みこんだ。スピードを上げて、すぐにつばさに追いつく。

二人は顔を見あわせて、笑みを交わしあう。それから、再び前を向いて、ならんで朝の道を駆けていく。

10　栄光の曲

二年後――。

白翔《しらと》高校の展示ケースには、新しい盾やトロフィーが増えていた。

二年つづけて、吹奏楽部《すいそうがく》は銀賞。野球部は準優勝。

充分にすばらしい成績じゃないかとほめてくれる人もいる。でも、つばさも大介《だいすけ》も、目指す場所へはまだたどりつけていない。

「はあ～っ、私って、なになりたい人なんだろ？　明日の進路相談、なんっにも決めてない～！」

四月半ばの昼休み。

つばさといっしょに屋上でお弁当を食べていた陽万里《ひまり》は、進路調査票を手にため息をついた。調査票には、まだなにも記入されていない。

入学式の看板が立てかけられた校門をくぐってから、すでに二年がたっていた。この高校で見る三回めの桜もほとんど散りはてている。

つばさも、もう三年生。

思い返せば、夏休みも正月もなく吹奏楽部の練習をして、ときどき定期テストの勉強に追われてあせる、というくり返しで二年間がすぎた。

ここまで無事に進級できたのは、ひとえに陽万里のおかげと言っていい。宿題を写させてくれたり、テスト勉強用にまとめたノートをつくってくれたり、なにかにつけて陽万里が助けてくれたおかげだった。

「つばさは？　……てか、つばさは吹部《すいぶ》でそれどころじゃないか」

「自分がひとにおしえる立場になってるのとか、いまだに慣れないよ。しかも、新入生みんなうまいから、逆にたいへん」

ここ二年銀賞つづきとはいっても、さすがに伝統校。昔からあこがれていた、どうしても白翔の吹部に入ると決めていた、という新入生が何人もいる。

技術的なことはともかく、三年生には、最上級生として部内をまとめていく役割もある。あいさつのしかた、音楽室を使用するときのルール、などをおしえて、守られていないときは注意しなければならない。だれかを指導するというのが、どうにもつばさはにがてで慣れない。

それに、今年は、水島《みずしま》が部長に選ばれた。

同じトランペットの三年として、「うちらが水島をささえていかなきゃ！」とマルコなども意気ごんでいて、いっそうつばさたちの責任は重い。

「大介とは？　最近、話してる？」

陽万里にたずねられて、つばさは首を横へふって答えた。

「クラス分かれちゃったし、大介くんも部活たいへんそうだしね」

「大介なんて、今やキャプテンだもんねぇ。ま、城戸《きど》がエースってのは納得いかないけど。人は見かけによらないっつーか」

そんなふうに言って陽万里は笑う。

二年前の大会あとから、大介は正捕手になった。城戸もだんだんと球威《きゅうい》をつけていき、登板する機会がふえていった。今では、大介と城戸は息の合った名バッテリーとして、校外でもけっこう知られているらしい。

大介はレギュラーとして定着しているのに、つばさはまだコンクールのメンバーに選ばれたことがない。でも、去年までは上級生がいるからむずかしいと思っていたけれど、三年生になったのだから、今年こそ、と思っている。

「今年こそ、行けるといいね、甲子園《こうしえん》」

陽万里はそう言って、うっすらと雲の流れる空のかなたをながめる。

「うん……」

今年が、最後のチャンス。

今年行けなければ、もう永遠に行くことはできない。


その日の放課後。

練習をはじめる前に、顧問《こもん》の杉村《すぎむら》は「今日はだいじな話があります」と言って全員をあつめた。杉村はいつもよりいっそう厳しい顔つきになっていて、これはよほど重要な話にちがいないと感じさせる。

部員たちはみんな唇をひきむすんで、杉村に注目する。居ならぶ部員たちを杉村はひととおり見わたしてから、

「例年より早いですが、今年のコンクールの演奏曲を決めました」

と、切り出した。

「課題曲は『ブルースカイ』。シンプルだからこそ、基礎力と、プレイヤー全員の連帯感が問われる曲です」

部員たちはうなずいて、杉村のつぎのことばを待つ。

「そして、自由曲。きみたちもよく知っている曲です。二十年前、白翔が初めて全国大会に出場して一金《いちきん》を獲《と》った曲」

部員たちのあいだに、ざわめきがひろがる。ささやきあう声がおさまるのを待って、杉村は告《つ》げた。

「『ベルキス』をやります」

再び、部員たちにざわめきがおきた。ベルキスだって、ベルキスなんだ、とあちこちからつぶやきがもれる。

『ベルキス』――それは白翔の吹奏楽部にとっては、たんなる曲名を超えて、神聖なものとさえいえるような響きを持っている。有名な曲なので、これまでにも部内で練習したことはあるが、コンクールの場で演奏されたことは、つばさが入学してからはもちろん、近年にもない。

「この二曲で、今年こそ、絶対に普門館《ふもんかん》へ行く」

杉村は迷いなく告げた。それは、目指しましょう、という希望ではなく、かならず行く、という宣言だった。

「そのために、練習内容を一新してコンクールに臨《のぞ》みます。水島！」

「はい！」

「昨日話したメニュー、部長のあなたから各パートに説明しといて」

「はい！」

いつも以上に真剣な表情で返事する水島に、杉村はうなずいてみせる。それから、壁のほうへ目をやって、そこに掲げられた旗を見つめた。

「初めてだね、杉村先生があんなこと言うの」

練習が終わったあと。

つばさはあとかたづけをしながら、水島にコンクールの話題をふった。

「それだけ本気だってことだよ」

と、水島は言った。

「『ベルキス』は白翔を象徴する曲で、これで全国のがすのはありえない。先生は、それをあえて選んだんだ。俺らも、同じ覚悟で臨みたい」

自由曲で『ベルキス』に挑むとなれば士気はあがる。でも、もしも、この曲で低い評価しかされなかったら、先輩たちの栄光にまで傷をつけることになる。それでも、あえて杉村はこの曲を選んだ。

水島は部長として、杉村の決断をだれよりも重くうけとめている。ことばの端々から、そのことがひしひしと感じられる。今年こそ、『ベルキス』で金賞、そして全国大会の代表になること。それを実現させるのが自分の役目であり、部長としての責任だと強く思っている。

「うん」

つばさは大きくうなずいた。

杉村が『ベルキス』を選んだ意味を理解しているつもりだったけれど、あらためて水島から聞かされると、これはほんとうに重大なことなんだとわかってくる。そんな曲に挑むなんて怖い。でも、同時に、いっそうがんばらなくちゃと身のひきしまる思いがする。

「小野《おの》さん」

水島がふいに口調をあらためた。

「あ、はい?」

「小野さんは正直、ハイトーンがまだまだ弱い。でも、ピッチも音量も安定してきてる。

だから、サードのスペシャリストを目指してほしい」

そのことばに、つばさはびっくりして、まじまじと水島を見つめてしまった。水島がいぶかしげに首をかしげる。

「なに？」

「水島くんにほめられたから」

水島はけっしてお世辞《せじ》なんか口にしない。ぜんぶ本心だとわかっているから、少しのほめことばでもすごくうれしい。

水島はわずかに目をみはってから、あきれたように顔をしかめて言った。

「これくらいで、よろこばないで」

「はい！」

水島からあてにされている。そう思うと、よろこぶなと言われたばかりなのに、どうしてもつばさは顔がゆるんでしまう。

大介くんの顔が見たいな、ちょっとだけでいいから話したい。

つばさはそう思って、帰り道、グラウンドのほうへまわってみた。コンクールの自由曲が決まったことや、水島にほめてもらったこととかも報告したい。

フェンス裏からのぞいてみると、もう薄闇につつまれているのに、大介は城戸といっしょにまだ練習をつづけていた。

じゃまするのがはばかられて、つばさはだまって見守る。

「大介先輩になんか用ですか？」

ふいに後ろから声をかけられて、ふり向くと、ジャージすがたの女子生徒がいた。練習用具をかかえているところを見ると、今年入った野球部のマネージャーらしかった。

「あ、いえ」

つばさは会釈《えしゃく》をして、フェンス裏から離れた。

少し行ったところで足を止めて、グラウンドをふり返る。薄闇のなかでも、つばさの目には、大介のすがたはくっきりとうかびあがって見える。

大介くん、私、がんばるよ。少しはあてにしてもらえるようになったよ。心のなかで大介に語りかけてから、つばさは校門へ向かってまた歩きはじめる。

そのつばさの後ろすがたに、ひとつの視線がそそがれていた。フェンス裏から、さっきのマネージャーがじっとつばさを見送っている。

11 対立

曲名になっている『ベルキス』とは、紀元前十世紀ごろに存在したという伝説のシバの女王のこと。

若く美しく聡明な女王は、あるとき、世界最高の叡智《えいち》をほこるというソロモン王のうわさを耳にした。ベルキスは家臣たちとともに、おびただしい宝石や黄金をたずさえて砂漠《さばく》のかなたまで旅していき、ついに王にあいまみえる。

ベルキスの出すいくつもの謎かけに、ソロモン王はたちまち名解答をしめしてみせる。その叡智にベルキスは驚嘆《きょうたん》し、王もまたベルキスの美しさと聡明さにほれこんで、二人は恋におちる。

一行の到着を待ちわびるソロモン王の期待と、ベルキスをむかえる宴《うたげ》のようすを描いた、この曲。なにしろ、王と女王の曲なのだから、華やかで、壮麗《そうれい》で、堂々として格調高く、そして情感豊かに奏《かな》でなくてはならない。

「ストップ！」

杉村《すぎむら》の手の動きが止まると同時に、音楽室いっぱいにひろがっていた音が消えた。

パートごとの練習がある程度進んだところで、合奏をはじめたが、なかなか最後までとおすことができない。

「出だし、もっと小さく！　最後のフォルテにつながるように。トランペット、主旋律《しゅせんりつ》はもっと歌って！　力強く！」

杉村は注文をつけて、再び、指揮をはじめる。部員たちもさっき止まった個所《かしょ》から、それぞれの楽器を奏でる。

しかし、いくらも進まないうちに、また杉村の指揮が止まった。じだんだを踏まんばかりにして杉村はさけぶ。

「遅い！　トランペット、そろってない！」

合奏練習を開始して以来、こんなことが何回もくり返されていた。

『ベルキス』は高度な表現力が要求されて、とりわけ、トランペット、トランペット、と何回も注文が飛んで先へ進まない。待たされてばかりのパートの部員たちが、またか、と顔をしかめている。

「ストップ！　もう一回！」

再開したばかりの演奏を、杉村はまた止めた。

杉村はうなりながら、考えこむように髪をかきむしる。何回やりなおしても思うような音が出てこないことにあせっているのが、部員たちにもつたわってくる。

「ちょっと話があるんだけど――」

その日の練習が終わったあと。

つばさたちトランペットの三年生が校舎から出ると、同学年でクラリネットのパートリーダーをつとめている三石静香《みついししずか》が待ちかまえていた。しかも、ほかの木管楽器《もっかん》――フルート、サクソフォン、オーボエ、といったパートのおもだった三年生までがその後ろにひかえている。

気がねなく話したいから、と言って、三石はつばさたちを近くの公園へうながした。

ただならない雰囲気《ふんいき》に不安をおぼえて、つばさはマルコたちと顔を見あわせながらも、先を行く水島《みずしま》についていく。

間遠《まどお》に設置された街灯が照らす人気《ひとけ》のない公園へ入ると、三石たちは足を止めて向きなおり、無言でつばさたちをにらんでいた。

それから、三石は水島の正面まで歩み寄っていくと、

「あのさ、ちょっと金管《きんかん》、情けなくない？」

と、切り出した。

「正直、うちら木管の足ひっぱってるよね？　とくにトランペット、クラより前へ出れてないとか恥ずかしくないの？」

「……今のままでいいとは、思ってない」

水島の声は苦しげだった。否定しないということは、三石の指摘を全面的に認めているということだ。

「じゃあ、やって」

だまりこむ水島へ向かって、さらに三石は言いつのる。

「白翔《しらと》のレベル下げてるの、金管だから！　金管のせいで、うちらの代だけ三年連続で全国のがすとか、ホントありえないから！」

水島はなにも言い返さなかった。

たしかに、木管楽器は各パートとも実力のある部員がそろっていて、バランスのとれた

豊かな音をつくり出している。それにくらべると、金管楽器の各パートは力強さに欠けると認めざるをえないのだった。

翌日からの練習は、ひどく気づまりなものになった。

三石たちは冷たい態度をとって、とりつくしまもない。つばさがあいさつしても無視をきめこむ。

気にするまいとは思っても、つばさは居心地が悪くて、おちつかない。室内の空気が重たくよどんでいる感じで、体の動きまでぎくしゃくしてしまう。

でも、三石たちのケンカを売るような言い方はどうかと思うけれど、責める気にはなれなかった。

みんな、気が急《せ》いて、いらだっている。

それは、『ベルキス』でみっともない演奏なんかできない、早く完ぺきな仕上がりにしたい、と強く思えばこそだから――。

気が急いているのは、水島もまた同じだった。

先輩たちの栄光の曲をけがすことがあってはならない。絶対に金賞を獲《と》らなくてはならない。

水島の頭のなかには、ただ、そのことだけがあった。部長としての責任をはたす。それだけを考えていた。

「瀬名《せな》！　弱い！　フォルテ意識して！」

うまくまとまらないままに合奏練習を終えたあと、再びパートごとの練習に入ったが、水島はいつも以上にこまかく注文をつける。

とくに注意が集中したのは、瀬名という新入生の男子生徒だった。

「瀬名！　ちがう！　何回言ったらわかるの！」

何フレーズか吹くたびごとにストップをかけて注意をくり返して、水島の声はだんだんと鋭くなっていく。

瀬名は中学校のときにも吹奏楽部《すいそうがく》に入っていたそうで、音程もうまくとるし、むずかしい曲も器用に吹きこなす。ただ、音が少し細くて平坦な感じがするのはたしかだった。

「瀬名、先週から、同じことずっと言ってるよね。なんでなおせないの？」

「す、すみません……」

「もういい。個人練習してきて」

「……はい」

瀬名は背中をまるめて、ぎこちなく頭を下げた。

瀬名は遠慮《えんりょ》がないというか、生意気というか、ほかのパートの部員から「あの一年生、口のききかたがなってない！」ともんくが出たこともある。でも、水島の前で肩をすぼめているようすは、まるで子どもみたいに見える。

瀬名が出ていったところで、つばさは水島のそばへ寄っていった。カンのいい水島は、なにか言いたげだとすぐに察したらしい。

「なに？」

「あの、瀬名くんのこと、追いつめすぎじゃない？　まだ一年なんだし、もう少し――」

「コンクールの審査員は、学年なんて考慮《こうりょ》してくれないよ。それに、瀬名はセンスはあるから、今からきたえればきっと戦力になる」

「でも、あれじゃちぢこまって、吹けるものも吹けなくなるし……」

「てか、小野《おの》さん」

水島は途中でさえぎって、つばさをにらむ。

「ひとのこと心配してる場合じゃないでしょ。木管になに言われたか、忘れたの？」

じれているようにも、あきれているようにも聞こえる口調で言って、水島はつばさのそばから離れていった。

「瀬名くん」

つばさが別教室をのぞいてみると、瀬名はつまらなさそうな顔をして窓から外をながめていた。トランペットは、そばの机に置きっぱなしになっている。

「瀬名くん」

もう一度呼びかけて、つばさは歩み寄っていった。

「基礎練しっかりやれば、ロングトーンもっとのびると思うよ。水島くんも厳しいこと言うけど、瀬名くんはセンスあるって言ってたから」

「……ありがとうございます」

少しだけ、瀬名の頬《ほお》がゆるむ。

「いっしょに練習していい？」

つばさがそうたずねると、

「はい！」

と、瀬名は口もとをほころばせてうなずいた。

つばさが、自分が一年生のころは腹筋やランニングで体力づくりばかりしていたと話すと、瀬名は興味深そうに耳をかたむける。

ひとのこと心配してる場合かと言われても、おちこんでいる後輩がいたらほうっておけない。やっぱり、三年生なのだから、一年生を手助けしてあげたい。

パート練習と合奏練習をくり返すうちに日はすぎていって、つぎの段階に進む時期にきていた。

「来週からのホール練習のメンバーを発表します」

集合した部員たちを見わたしながら、杉村は告《つ》げた。音楽室の空気がはりつめる。

ホール練習は、実際にコンクールで使われる会場や、それに似た施設《しせつ》を借りておこなわれる。音楽室の何倍も広い空間では音がどのように響くか、どのように音を出せばいいか。それらを本番に近づけた環境で確認するのがねらいだ。

これまでは全員で合奏していたが、ホール練習では、本番の人数にあわせて選ばれたメンバーだけが演奏できる。

「まず、トランペット」

手に持った紙を杉村がひろげるわずかな音さえ、静まりかえった音楽室の中では大きく聞こえる。

「ファースト、水島。セカンド、高橋《たかはし》」

つぎだ、とつばさは息をこらす。

「サード、瀬名。以上でいきます。つぎ、ホルン。ファーストは――」

呼ばれなかった……。

つばさはぼうぜんとして、杉村の口もとを見つめる。つぎつぎに読みあげられる名前も、つばさの耳をすりぬけていく。

すべてのパートのメンバーが発表されたあと、つばさの後ろあたりにいる瀬名のまわりへ一年生たちがあつまってきた。

「瀬名、やったね」

「一年でメンバーなんて、すごいじゃん」

瀬名をとりかこんで、一年生たちは口々にそんなことを言っている。つばさは動くことができず、その騒ぎを背中で聞いていた。

またメンバーに入れなかった。今年こそと思っていたのに。「普門館《ふもんかん》へ行く！」って、大介《だいすけ》くんと握手したのに……。

練習が終わったあと、つばさは水道場へ行ってマウスピースを洗いながら、メンバー発表のことを考えつづけていた。とっくに汚れはとれているのに、流れる水をぼんやりと見つめてしまう。

「小野先輩！」

はずんだ声に呼びかけられて、われに返ってつばさが顔をあげると、そばに瀬名がきていた。

「先輩にいろいろおしえてもらったおかげです！　ほんとにありがとうございます！」

心からうれしそうに、瀬名は頬を赤くしている。

「うん……。おめでとう」

つばさは笑顔をつくって、うなずいてみせる。瀬名はもう一度、きちんとおじぎをして小走りにもどっていった。

生意気だと反感を買っていた瀬名も、最近はすっかり変わった。放課後は早めにきて準備しているし、ほかのパートの上級生へも礼儀《れいぎ》正しくあいさつする。毎日、楽しそうに生き生きと練習している。

よかったね、瀬名くん。がんばってたもんね。つばさはそう思いながら、遠ざかっていく瀬名の後ろすがたを見送る。あんなによろこんで、少しでも役にたてたなら、ほんとうによかった。

ふと気配を感じて横を向くと、いつのまにか水島がそばへきていた。

つばさは水が出っぱなしになっていたのに気づいて、ぎゅっと蛇口《じゃぐち》をかたく閉めると、明るく水島に話しかけた。

「瀬名くん、水島くんが見込んだだけあるね。やっぱり、才能ある人はちがうっていうか、初めからあそこまでハイトーン吹けたら――」

そうだよね、瀬名くんは才能あるんだよね、とつばさは納得した。ささいなアドバイスだけで、すばやくコツをつかんで、ぐんとレベルアップする。実力のある人が選ばれるのは、当然のこと。それこそ、学年は関係ない。

「……それ、小野さんの本音?」

水島に問われた瞬間、つばさの笑顔がこわばった。

つばさをじっと見すえる水島の表情は、怒っているような、悲しんでいるような……、ひどくくやしげに感じられたからだった。

「それ、小野さんの本音?」――水島のことばが、ずっと耳から離れない。

瀬名が生き生きと部活に出てくるようになったことを、よろこぶ気持ちにうそはない。うそはない、はずだけれども……。

そんなことを考えながら校門へ向かっていたつばさは、グラウンドの一角が妙に騒がしいのに気づいた。野球部の使っているあたりだ。

「小野さん！」

よく知った声によびかけられてふり向くと、城戸《きど》が駆け寄ってきて早口で告げた。

「大介がケガした！　ちょっとやばいかも！」

12 夜の病院

車内アナウンスされるバス停の名前が、だんだんとなじみのないものになっていく。

城戸《きど》から話を聞かされたあと、つばさはバスに乗って病院へ向かっていた。すでにあたりは暗くなっていて、黒い鏡のようになった窓をつばさは見つめる。

「紅白戦で後輩に足つっこまれて……。今、病院行ってる。まだちょっと状況わかんねぇんだけど、自力で歩けないくらいだったから……」

城戸はそう言って、心配げに顔をこわばらせていた。

『城戸、おおげさ！』

つばさが携帯電話からメールを送ると、ほどなく大介《だいすけ》から返信があった。

『今、どこ？』

つばさがまたメールすると、返ってきたのは、学校から少し離れたところにある大きな病院の名前だった。

まだ帰宅できていないなんて、やっぱりひどいのかもしれない……。すると、つばさの心配を読んだように、

『でも、たいしたことないから心配すんな〜！』

つづけてすぐに、大介からはそんなメールが送られてきた。

心配しすぎであってほしい。『たいしたことない』ということばが事実であってほしい。つばさは祈るように心のなかでくり返しながら、暗い窓の外にちらつく街の灯りをながめていた。


夜空を背景にしてそびえる病院の白い建物は、なにか別世界へきてしまったような不安をおぼえさせる。

夜間用のドアから入ると、ロビーに人影はなく、受付のカウンターにもシャッターがおろされていた。薄暗いなかで、避難口誘導灯の緑色の光ばかりがやたらとめだつ。寒いわけではないのに、底冷えするような感覚におそわれる。

どこへ行ったらいいのかと、四方へのびる長い廊下《ろうか》を行き来していると、大きなガラス

張りになった部屋が目についた。リハビリ室。広々とした空間に、ジムにあるような器具やマットがいくつも置いてある。

その部屋の中に、ひとつだけ人影がある。

丸刈りにしたその人影が大介だと気づいた直後、つばさはさけびそうになるのをあやうくこらえた。

大介の右足には、ギプスがはめられていた。サイズの合っていない大型のブーツのような、白いギプス。

平行棒のように両側に手すりが付いた器具につかまって、大介は腕をささえにしながら一歩ずつ進んでいる。でも、少し進むのさえ苦痛なのは、ゆがんだ表情からわかる。

「小野《おの》？」

ガラスの向こうにいるつばさに気づいて、大介はドアのほうへ進もうとした。が、バランスをくずしてよろめく。

つばさはいそいで中へ入って、大介のところへ駆け寄った。大介の体はたよりなくかたむき、つばさはそれを抱きとめる。ずしりとくる大介の体の重み。いつもグラウンドを自由に走りまわっている大介が、今、一歩進むのにも苦労している。そのことに涙がこぼれそうになるのを、つばさはけんめいにこらえた。

「いやぁ、なんか体動かしてないとおちつかなくて。たいしたことないから」

マットの上へ二人でならんで腰をおろすと、大介はまた「たいしたことない」と言って笑顔を見せた。

「ありがとな。なんかきてほしそうだったよな、俺のメール」

「くるよ！　いつでも！」

何回だって、毎日だって、きたい。いきおいこむつばさを、

「だめだって」

大介は笑いながらおしとどめる。その声はやわらかかったけれど、きっぱりとしたものがにじんでいる。

「小野も、がんばってメンバーに入るんだろ？」

「……うん」

「俺も早く野球やりてぇ～って、せっかちすぎるか。はは……」

大介は笑ってみせるけれど、そのすがたは芯が抜けてしまったように弱々しかった。つばさの胸が鋭く痛む。でも、おし寄せてくる不安を無理やりにふりはらって、つばさは明るい声を出した。

「だいじょうぶ。大介くんだったら、すぐに部活に復帰できるよ！」

「……サンキュ」

大介はうなずいて、つばさに向かってまた微笑《ほほえ》んだ。

こんなときでも、大介はつばさのことを気づかってくれる。そのことに、いっそう胸がつまる。コンクールのメンバーには入れなかったのに……。

リハビリ室を出て少し行ったところで、つばさは足を止めた。深く息をついて、その場に立ちつくす。大介の前ではつとめて気を張っていたけれど、足から力がぬけて床へくずおれてしまいそうだ。

ふと、目の前が陰《かげ》ったかと思うと、すぐ前に女の子が立っていた。唇をきつくひきむすんで、つばさの行く手をふさぐようにしている。

どこかで見たことあるような……と考えて、このあいだフェンス裏で会った野球部のマネージャーだと思い出した。

「先輩、ちょっと話があるんですけど」

そのマネージャー――澤《さわ》あかねにうながされてロビーへ行ったが、二人きりで話すようなことにはまるで心当たりがない。

無人の薄暗いロビーでだまって向かいあっていたあと、あかねは斬《き》りこむような調子で口を開いた。

「大介先輩のじゃましないでください」

「じゃま？」

「ケガで弱ってるときに、テキトーな気休め言ったりしないで。大介先輩のこと好きなんだったら、そっとしといてあげてください」

まるで敵を見るようなまなざしを向けてくる。返事を待たずに立ち去ろうとしたあかねの腕を、つばさはつかんでひき止めた。

「ちょっと待って！　なんか誤解してる！」

つばさのことばに、いぶかしげにあかねは眉《まゆ》を寄せる。

「私、もうとっくにふられてるから」

あらためて口に出すと、いまだに胸がうずく。それをおさえて、つばさはつづけた。

「でも、ふられる前より、もっともっと応援したいって思ってる。友達としてはげますのも、だめかな？」

薄暗いなかで、かすかに、あかねの表情がゆらいだようだった。が、あかねはすっと顔をそむけると、

「友達だったら、なおさらほっといてください」

つき放すように言い残して、つばさの前から立ち去っていった。

13 強くなりたい

「もしかしたら、大介《だいすけ》、夏、間に合わないかも……」

病院へ行った翌日。

学校の渡り廊下で、つばさと陽万里《ひまり》は城戸《きど》からくわしい話を聞いていた。

「あいつ、口では強がってるけど、足首やっちゃってるからけっこうやべーんだ」

苦しげに眉を寄せる城戸の表情が、どれほど事態が深刻なのかをもの語っている。

つばさはめまいがして、すうっと血が流れ出ていったような感覚におそわれた。まわりの風景がかすんで、すべての音が遠くなっていく。

足首、だなんて……。思いきり走れるまでに回復しなければ、絶対、試合には出られないのに……。

つばさをわれに返らせたのは、しぼり出すような城戸の声だった。

「俺、自分が情けねーよ」

「え?」

つばさと陽万里は、そろって城戸を見た。

「俺、ほんとは怖かったんだ。本気出してだめだったらどうしようって、いっつも心のどっかで逃げ道つくって……。必死でがんばってるあいつのとなりにいて、俺、なにやってたんだろって……」

くやしげに城戸は唇をかんで、自分を恥じるように顔をふせてしまう。つばさはかけることばがみつからなかったけれども、

「そんなことない」

強い声で否定したのは、陽万里だった。

「私なんか、中学で部活つらくて投げ出したから……。高校になって、がんばってるつばさや大介のこと見て、陰ながらでも応援したいって思ってた」

「陽万里ちゃん……」

中学のときは、陽万里はたしか女子バスケットボール部に入っていたはずだ。運動神経いいのに、部活に入らないのはもったいないなと思っていたけれど……。宿題やテスト勉

強や、いつもなにかと陽万里が助けてくれたのにはそんな気持ちがこめられていたなんて、つばさは初めて知った。

涙ぐみそうになっているつばさに、陽万里は微笑んでから、

「もちろん、城戸も」

と、笑みを向けた。

「ありがとう、脇田《わきた》」

城戸は顔をあげて、陽万里へ笑みを返す。やっと少し気がらくになったように、城戸は表情をやわらげている。

「ねえ、大介のために、なにかできることないのかな?」

もどかしげに陽万里は言った。

大介のためにできること。

つばさの胸に、昨日、ギプスをはめて倒れそうになりながらも笑ってみせていた大介のすがたがうかんでくる。その弱々しい笑顔を胸のなかで見つめながら、つばさはじっと考えて、それからつぶやいた。

「私、強くなりたい」

「え?」

陽万里と城戸が、ふしぎそうにつばさを見る。

つばさは渡り廊下の窓から空をあおぐように顔をあげて、こんどはしっかりとした声で言った。

「大介くんに弱音吐いてもらえるくらい、もっともっと強くなりたい」

これまで、大介にはいつもはげましてもらって、助けてもらってきた。自分がたいへんなときでさえ、大介はつばさのことを気にかけてくれている。

こんどは、大介の助けになりたい。

苦しいときには苦しいと言ってくれて、よりかかってもらえるようになりたい。

私にはなんの力もないけど、なんの力も持っていないけれど、でも……――と、つばさは思う。

でも、私にはトランペットがある。


翌日の朝。

つばさは登校すると、まっ先に音楽準備室へ向かった。歩いているのがもどかしくて、つい小走りになる。

「それ、小野《おの》さんの本音?」――水島《みずしま》の残していった問いかけは、トゲのようにつばさの胸に刺さって消えなかった。瀬名《せな》はがんばったし、もともと才能あるのだから、これは当然の結果だとも思ったけれど、でも……。

本音は、ちがう。

心の奥の奥、ずっと奥。そこには、べつの気持ちがくすぶっている。灰に埋もれた、ごくちいさな火種のように。

くやしい。

ほんとうは、くやしい。

でも、そのくやしさは、瀬名に対してのものじゃない。瀬名に腹がたつとか、瀬名のせいで選ばれなかったんだと怒っているとかじゃない。

自分に対して、くやしい。

自分は初心者だったからとか、もともと才能あるわけじゃないし、とか、まだ心のどこかでいいわけを用意していた。

そのことに、やっと気づいた。

私は自分に負けている。

そんな自分が、くやしい。

才能のある人にはかなわないとあきらめてしまう、そんな自分をやめたい。

「普門館へ行く！」と言ったのに、かなわなくてもしかたないよねと思ってしまう、そんな自分をやめたい。

　そして、強くなりたい。

「杉村《すぎむら》先生！」

　つばさは一礼をして音楽準備室へ入ると、杉村のもとへ駆け寄った。

「あの！　どうしたら、もっとうまくなれますか？」

　城戸の話を聞いたときから、ずっとそのことを考えた。トランペットをもっともっとがんばる。そして、強くなる。

「練習は、みんな同じだよね」

　つばさの真意をさぐろうとするように、杉村はじっとつばさを見てから、そう言って話しはじめた。

「あとは内容。考える、集中する、言われたことの意味を考える。上達に近道はあるけど、近道イコールらくな道じゃないの」

　そんな道でも行く気あるの？　と念をおすように、杉村はつばさを見つめている。

「……はい！」

　ためらわずに、つばさは深くうなずいた。

メンバーに入れる可能性、普門館へ行ける可能性は、まだ、ゼロじゃない。

ほとんどの場合はホール練習のメンバーのままで仕上げに入るけれども、本番のメンバーはまたあらためて発表される。限りなくゼロに近いとしても、完全にゼロではない。

だったら、あきらめない。

才能がないなら、才能のある人の倍の努力をすればいい。倍でたりなければ、その倍も、十倍も、二十倍も努力すればいい。

自分に、負けたくない。

ほんとうの限界まで、やりきりたい。


数日後。

大介は退院して、学校へ出てこられるようになった。しかし、右足はまだギプスに固定されていて、松葉杖《まつばづえ》なしでは歩けない。

「大介先輩！」

放課後、グラウンドへまわって野球部の練習を見守っていると、マネージャーの澤《さわ》あかねが駆け寄ってきた。

「これ、トレーニングメニュー」

大介は手に持った書類を、あかねへさし出した。週ごとの練習メニューは、主将が決めることになっている。ちゃんと計画どおりにこなせているか、入院中も気になってしかたなかった。

「わかりました。こっちは心配しないで、リハビリに専念してください」

あかねはそう言って書類をうけとった。が、大介の目は、どうしても部員たちのようすにひきつけられる。

投球練習中の城戸は、大介の代わりに、神崎《かんざき》という一年生をキャッチャーに据えている。神崎は子どものころから野球をやっていて、カンもいいが、まだまだ全体的に線が細い。なにより、城戸とはまだ微妙な呼吸が合わないらしい。城戸は首を横へふって、しきりとなにか指示をしている。

「大介先輩には、私たちマネがついてますから」

練習を見つめつづける大介に、あかねが声をかける。

「ありがとな」

大介は微笑む。城戸と神崎のもとへ行きたい気持ちにかられていたが、それをこらえて背を向けた。

不慣れな松葉杖をぎこちなくあやつって、校舎のほうへもどっていく。野球部員たちの威勢《いせい》のいい掛け声を背中で聞きながら、大介は診察のときの医師とのやりとりを思い返していた。

「夏の大会、間に合いそうでしょうか?」

大介の問いに、

「保証はできないが、リハビリ次第で可能性はゼロじゃない。ただ、経過をみてみないとなんとも言えないが……」

医師はレントゲン写真をにらみながら、むずかしい表情をしてことばをにごしていた。

一刻も早く練習にもどりたいと気持ちは急《せ》く。それでも、とにかく今は、時間とともに回復してくれるのを待つしかない。


大介が教室へ向かって一歩ずつゆっくりと歩いていると、廊下《ろうか》の先から、すらりとした男子生徒がやってくるのが見えた。

トランペットの三年生、水島だと気づいて足を止める。水島のほうも気づいたらしく、ちらりと大介に目を向ける。

大介は会釈《えしゃく》をしたが、水島はこたえない。が、すれちがいざま、ふいに足を止めて口を開いた。

「小野さんなら、まだ中にいるよ」

大介はおどろいて、思わず水島を見つめて礼を言った。

「……ありがと」

「正直、なんでまだがんばれんのって思う」

どういうことだろう、と大介はとまどう。水島はいつものそっけない口調のままで、大介に向かってつづけた。

「三年間、初心者からがんばってきて、それでも一年生にメンバーの座うばわれてさ。なんで、心、折れないんだろうって――」

大介が音楽室のほうへ行ってみると、吹奏楽部《すいそうがく》の部活はもう終わっているはずなのにトランペットの音が流れていた。

「小野！　ちがう！」

厳しい声が聞こえて、とうとつに演奏は止まった。

戸口のガラス越しに音楽室をのぞいてみると、トランペットをかまえたつばさが杉村と二人きりで向かいあっている。

「そこはなんて書いてあるの！」

「フェルマータです」

「吹けてない！　もう一度！」

「はい！」

つばさはまた吹きはじめるが、再び、杉村から「ストップ！」と止められる。「テンポずれてる！」「もっと歌って！」などとどなられっぱなしだが、つばさはひとつひとつの注意を確認しながら吹きつづける。

杉村が音楽室から出ていったあとも、つばさは一人残って、杉村に指導された個所《かしょ》を復習するようにトランペットを鳴らしつづけた。

陽はすでに西にしずみ、深い紫色につつまれた室内で、つばさのすがたがシルエットになっている。手もともすでにさだかではないなかで、つばさは目を閉じて、ひたすらに音を追う。

ただ音だけに集中しつづけるつばさを、大介はだまって、ほかに人影のない廊下から見つめていた。

14　雨にうたれて

　杉村《すぎむら》から個人指導をうけて、さらに休み時間も惜しんで自主練する毎日をすごすうちに、半月あまりがすぎた。

　学校をかこむ木々も緑の葉をたっぷりと繁《しげ》らせて、すでに夏の気配をはらみはじめた風にゆれている。

　今日は、練習に先立って、部員全員をあつめてのミーティングがおこなわれていた。

　部長の水島《みずしま》が前に出て、今後のスケジュールについてや、定期演奏会のことなどを説明する。

「連絡事項は以上です。ほかに、なければパー練をはじめて――」

　水島がミーティングを終えようとしたのをさえぎるように、三石《みついし》がさっと挙手して立ちあがった。

「最近の小野《おの》さんについて、意見があります」

「え?」

まさか名指しされるとは思っていなくて、つばさは目をしばたたいた。

「小野さんが、先生にずっとつきっきりで練習見てもらったり、休み時間や、下校時刻をすぎても音楽室を利用していることに対して、不公平だって声が出てます」

まるで罪状を読みあげるような調子で三石が言うと、木管《もっかん》パートのほかの三年生も立ちあがって、

「小野さんは、それに対して、どう思ってますか?」

と、つばさへつめ寄った。

「え? あ、あの……」

どうと問われても、つばさは答えられない。

不公平なんて、そんなふうに考えてみたこともなかった。もっとうまくなりたい、それだけだったのに……。

さあ答えろ、弁解は許さない、とばかりに三石たちはつばさをにらむ。

見まわしてみると、木管の三年生ほぼ全員が険《けわ》しい目をつばさへ向けている。その視線

に打ち付けられたように、つばさが身動きできないでいると、

「なんだよ、それ？　そんなくだらないこと言ってる部員って、だれ⁉」

突然、水島が声を荒らげた。

「だって、ほんとうのことじゃない」

水島の問いには答えないで、三石は唇をとがらせる。

「それ話しあって、演奏が良くなるわけ⁉」

さらに水島が語気を強めても、三石は平然とした表情をくずさない。

「やめようよ、水島。ケンカになるよ」

マルコがたしなめたが、

「もうなってるよ！」

激しい口調で水島は言って、それを封じた。

音楽室の中が異様な緊張感につつまれる。一、二年生たちは凍ったようになって水島を見つめている。

「バカバカしい！」

水島は吐き捨てるように言い残して、足早に音楽室を出ていく。厳しいことも容赦《ようしゃ》なく口にする水島だけれど、こんなふうに感情的に行動することはめったにない。一見気むず

かしいように見えて、がまん強い。その水島が心底怒ってしまった。

「ちょっと、水島！」

「水島！　待ちなってば！」

マルコと佑衣《ゆい》が追っていく。

つばさもいそいで、マルコたちのあとへつづく。戸口のところからふり返ったけれど、三石たちは水島を気にするそぶりさえ見せていない。非があるのはそっちでしょという顔をして、つばさをにらみつけていた。


『一心不乱』

息がつまるような雰囲気《ふんいき》のなかで、今日の部活を終えたあと。

水島はひとり、だれもいない音楽室へもどって、壁に掲げられた旗を見あげていた。

入部してから毎日、この旗をながめてきた。

これを合言葉のようにして、ここぞ、というときには全員で唱えた。白翔《しらと》の吹奏楽部《すいそうがく》に入ってくるような生徒たちはみんな、同じ目標へ向かってつき進んでいる。そう信じてきたけれど……。今はもう、自信がない。

ふと、足音に気づいてふり向くと、戸口のところに杉村がきていた。

「先生……」

杉村の顔を見たら、胸に渦巻《うずま》いていたものがこぼれ出した。部長をひきうけた以上、泣きごとは言わないと決めていたのに。

「やっぱり、俺に部長は無理です。部をまとめる力はありません」

吹奏楽に対する熱意は、だれよりも持っているつもりだ。実力もいちばんあると自負している。

でも、音楽に関係のないことで悩まされるのは、やはりがまんならない。

不平不満、ねたみ、陰口。それらは、集団にはつきものなんだと頭ではわかっている。人間の弱さだと思って許せないのは、自分の心がせまいのだということもわかっている。それは、自分の欠点、たりないところだ。

それでも、くだらない不満を寛大にうけいれる気にはどうしてもなれない。

重要なのは、上達すること、より良い演奏をすること。ほかのことでもんくをつけているひまがあったら、どうしたらもっといい演奏をできるか考えろ、と腹がたつ。

「このことばの意味、ちゃんと考えたことある?」

杉村は静かに中へ入ってきて、水島のとなりへ立った。

「心を乱さず、一つに。……この旗はさ、ずっと昔、全国常連校だったうちが、ある年に銀賞で全国をのがした。そのときのメンバーがつくったものなんだ」

　旗を見あげながら、杉村は説明する。

「自分たちの夢に恥じない努力をしただろうか。自分たちの心に油断はなかったか。先輩や後輩に、自分たちはすべてを賭《か》けたと、どんな結果に対しても言えるだろうか。そんな想いをこめて、この旗をつくったんだ」

「それって、もしかして……」

　水島が杉村の顔を見つめると、

「そう、私の代だよ」

と、杉村はうなずいた。

「水島、部長だけが部をまとめているわけじゃない。想いは、みんな同等。そうじゃなきゃ、いい吹部とは言えない」

「はい……」

あらためて、水島は旗を見あげた。

何度となく見てきた旗。でも、今は、どこかちがって見える。旗の中に、会ったことはない先輩たち一人一人の顔、演奏するすがたまでもがうかんでくるような気がする。

杉村たちが、くやしさの末に選んだことば。

後輩たちへの、時を超えたメッセージ。

吹奏楽は全員で一つの音楽をつくりあげるもの。けっしてそれを忘れるな。いさかいや、こだわりに、とらわれてしまうな。悔いを残すな。すべてをやりつくせ。この四文字が、そう語りながら見守ってくれている。

「あれ、杉村先生、まだいらっしゃったんですか」

ふいに、間のびした声が割りこんできた。開いたままになっている戸口から、教頭の林《はやし》原《ばら》がのぞいている。

林原はちらりと水島へ目をやってから、

「困りますねえ」

などと、大げさに顔をしかめながら入ってきた。

「下校時間、守らせていただかないと。父兄からも、最近、生徒の帰宅時間が遅いってクレームがきてますよ。ま、先生も今年で顧問《こもん》最後なんですし、そんなに厳しくしなくても、ね」

林原のことばに、水島は思わず杉村を見つめた。杉村は腕組みをしたまま、静かに唇をひきむすんでいる。

顧問は、今年で最後。

そんなこと、ひとことも知らされていなかった。でも、これで、杉村が早々にコンクールの曲を『ベルキス』に決めた理由がわかった。三年生にも来年はないが、杉村にも来年はない。すべてを今年に賭けているのだ。

「それだけやって結果が出ないと、ついてく生徒がかわいそうですから」

林原はそんなふうに言って、また水島へ目をやる。

いかにも、べつにいじわるで言ってるんじゃありませんよ、生徒のためを思うからこそ言ってるんですよ、といったいやみな調子だったが、杉村はだまって聞いている。

「……かわいそうじゃありません」

しぼり出すような声に、杉村がはっとして水島を見た。なにを言ってるんだね、という顔で首をかしげる林原を、水島はにらみつける。言ってやりたいことはいくらでもあるが、声を荒らげたいのをけんめいにこらえて、もう一度くり返す。

「俺たちは、かわいそうじゃありません」

水島の気迫におされて、林原はあとずさりしながらも、

「ま、生徒をふりまわすのも、ほどほどにしてください、ね」

しつこくいやみを杉村へ投げつけて、そそくさと立ち去っていった。

音楽室の中に、再び、水島と杉村が残される。

顧問の話を水島が切り出そうとしたとき、低い地響きのような音が聞こえて、二人とも窓の外へ目を向けた。

季節はずれの雷。

いつのまにか、どんよりとした濃い灰色の雲が空をおおっている。水滴《すいてき》が窓ガラスをぽつぽつとたたきはじめ、またたくうちに一面を濡らしていった。


どうしよう、最悪……。

のろのろと廊下《ろうか》を歩きながら、つばさは途方にくれていた。

木管パートとはもともとぎくしゃくしていたところだったのに、自分が杉村に個人指導をたのんだことが原因で完全にケンカ状態。部内の雰囲気は最悪になってしまった。コンクールを前にしたこんな重要な時期なのに、三年生が分裂なんて、もう、どうしたらいいのか……。

どうしようと思いあぐねるばかりで解決の道もみつからないまま、つばさは昇降口へ向かった。

靴箱《くつばこ》のところまで行ってみると、外はどしゃ降りになっていた。雷鳴《らいめい》も聞こえる。折りたたみ傘は持ってきているけれど、やわな張り地などつき破ってしまいそうないきおいの雨だった。

小降りになるのを待ったほうがいいかなと迷いながら、上履《うわば》きをぬごうとしたとき。

ふいに靴箱の陰から、ふらりとよろけるように人影が出てきて、つばさはびくっとしてあとずさりした。

その女子生徒はジャージすがたで、この雨のなかを歩いてきたのか、濡《ぬ》れそぼった髪がべったりと頬《ほお》にはりついている。野球部マネージャーのあかねだとわかって、つばさは上履きのままで歩み寄った。

あかねはゆっくりと顔をあげると、無言でつばさを見つめてくる。おびえたような、すがるような、まなざし。なにか言おうとしているけれど、唇が震えて、かすれた息が吐き出されるばかりだった。

まさか……、大介《だいすけ》くんに、なにかあったの?

つばさの背中に、すうっと寒気が走る。どうしたの、なにがあったの、とたずねたいのに、怖くて声が出てこない。

激しい雨が、これでもかとばかりにホームベースをたたいている。

はねあがる水滴を、大介もまた雨にうたれながら見おろしていた。濡れたギプスがいっそう重たい。

ホームベースは白いラバーでできた五角形にすぎないが、大介にとっては——野球部員すべてにとっては、なにより大きな意味を持つ場所だった。

　打者はいつも、ここから出発して、ここへもどることを目指す。そして、捕手である大介の目の前には、つねにこの白い五角形がある。これをはさんでピッチャーとサインを交わしあい、ときには、つっこんでくるランナーと体を張って攻防する。

　このホームベースとともにすごしてきた日々を思い返す大介の頭のなかに、ついさっき、診察で告《つ》げられたことばがこだましている。

「……どういうことですか?」

　聞きまちがいであってほしいと願いながら大介が問い返しても、すでに顔なじみになった医師は仕事がらの冷静さを保って答えた。

「思ったより、経過が良くない。このままだと……、大会までに復帰できる可能性はゼロに近い」

　でも、ゼロに近くても、完全にゼロじゃないんでしょう?

　そう問い返したいのに、このあいだよりもさらにむずかしくなった医師の表情がそうさせてくれなかった。

音をたてて降りしきる雨のなか、つばさは走っていた。あかねから事情を聞かされたあと、傘もささずに駆け出した。

雨がカーテンのようになって、つばさの視界を阻《はば》む。一歩進むたびに足もとにたまった雨がはねあがる。靴の中にも水がたまって、足先が冷えてくる。

顔につたってくる水滴を何回も手のひらでぬぐいながら、グラウンドを駆けていって、ようやくフェンスの向こうに人影をみつけた。

大介は凍りついてしまったように、ホームベースの前でうなだれている。雨のなかで、白いギプスがうかびあがって見える。

「大介くん！」

フェンスにしがみつくようにして、つばさは呼びかけた。

油の切れた機械にも似た動きで大介はぎこちなくふり向いて、そんな顔すんなよ、となだめるようにつばさに笑いかけようとした。

「ごめん……。やっぱ、俺、小野との約束、守れねー……」

うまく笑いにならないままに口もとはゆがんで、泣き顔みたいになっていく。大介自身もそれに気づいて、

「ごめん……」

しぼり出すように言って、顔をそむけた。

ごめんなんて、言わないで。

つばさはすぐにも駆け寄って、そう言いたかった。

だいじょうぶだよ、きっと間に合うよ、大会に出られるよ。そう言いたい。これまでのように。

でも――。

つばさは駆け寄ることも、それ以上声をかけることさえできず、フェンス越しに大介を見つめながら立ちつくすばかりだった。

なにがあっても前を向いて笑っていた大介が、うつむいて泣いている。

今、あんな大介を目《ま》の当たりにしたら、とても口にすることはできない。なんの根拠もないはげましなんて――。

15 願い事

正面玄関から少し行ったところ、校長室の近く。展示ケースの前へくると、つばさの心はいつもあの日へもどる。

大介《だいすけ》と出逢《であ》った、入学式の日。

いっしょに甲子園《こうしえん》へ行こうと約束した、あの日。

今日もつばさは展示ケースをながめていたが、歴代の盾やトロフィーの数々を見ても奮《ふる》いたたず、まわりすべてを厚く冷たい壁に阻《はば》まれているような気分からのがれることができなかった。

今年こそ、野球部の優勝盾と吹奏楽《すいそうがく》部の金賞トロフィーを、新たにここへならべるんだ。

そう思っていたけれど、どちらも手のとどかない幻になって消えてしまいそうになっている。

そんな思いにとらわれながら、展示ケースのガラスへそっと手をふれたとき、

「なーに暗い顔してんの」

ふいに後ろから声をかけられて、なんだか聞きおぼえがあるような……と思いながらふり向くと、そこには二年前に卒業した森《もり》が立っていた。

「つばさ！　ひさしぶり！」

びっくりした？　というように、森はいたずらっぽく笑ってみせる。

「先輩！」

「コンクールの指導、杉村《すぎむら》先生から手伝えってたのまれて」

私服すがたの森は髪がのびていて、頬のあたりも少しほっそりしておとなっぽくなっている。でも、親しみやすい笑顔は高校生のときのままだった。

二人で屋上へあがり、一年生部員たちの練習をいっしょに見守る。

「あのつばさが先輩かぁー。応援したいですって入部してきた、あんたがねー。なつかしいね」

森は笑いながら、つばさへ温かな微笑《ほほえ》みを向けた。

森にしみじみと言われて、つばさもわれながら「先輩」なんてがらじゃないよなあ、とてれくさくなる。

こうして森に再会すると、いっきに時がもどっていく。

アンブシュアがうまくつくれなくて何回もおしえてもらったことや、初めて一曲吹きとおせたときにほめてもらったことなどがなつかしく思いうかぶ。卒業しても、やっぱり先輩はいつまでも先輩なんだな、と感じる。

「でも、ちゃんとつづけててよかった。安心した」

つばさを見る森のまなざしは、以前と変わらずやさしい。

先輩、気にかけてくれてたんだな、とつばさは目のなかが熱くなる。それから、つばさのほうもケガのことを思い出して、森の右手へ目をやった。森もすぐにそれに気づいて、手のひらを開いたりにぎったりしてみせる。

「腱鞘炎《けんしょうえん》？　もちろん完治してるよ。私もつづけてるよ。今、大学で吹いてんの」

森の表情は明るくにごりない。きっと充実した毎日をすごしているんだな、とつばさにもつたわってくる。

「先輩……、ケガってつらかったですか？」

森の右手へ目をやりながら、つばさはたずねた。家までたずねていったときの、あの悲痛なさけびが耳によみがえってくる。

「あたりまえじゃん」

森は答えてから、

「なに、ケガしたの？」

と、心配げな表情になった。

「あ、いえ……、友達が。野球部なんですけど」

「ひょっとして、あの人？」

森の問いに、つばさはだまってうなずいた。

「そっかあ……」

くわしく説明しなくても、森は事情を察してくれたらしかった。大介への想いにも、きっと気づいている。たぶん、つばさ自身が自覚していないうちから、まわりはとっくに気がついていた。

「あのときは、ケガの痛みよりも心のほうがもたなくなった。自分を責めたし、不安でおしつぶされそうで……」

二年前を思い返すように、家やビルがミニチュアになってひしめく風景をながめながら森は語る。

「先輩は、どうしてがんばれたんですか?」

「なに言ってんの」

森は肩をすくめてから、つばさに笑いかけた。

「あんたらが、いたからじゃん。あのとき、つばさがはげましてくれたから、私は今でもつづけてられるんだよ」

「先輩……」

「つばさ」

ふっと森は真剣な表情になって、つばさの目をのぞきこむようにした。

「だれかをはげましつづけるのって、自分ががんばりつづけるのと同じくらいたいへんなんだよ。でも、だからこそ、だれかのエールは、ひとに力をあたえることができるんじゃないのかな」

実感のこもる森のことばが、つばさの胸にしみこむ。がんばれ、と後押しするように森はやさしく微笑みかけていた。

学校の帰り、いつものように自主練をしたあと、つばさはまわり道をして神社へ寄って、拝殿《はいでん》にお参りをしてから絵馬《えま》を一枚買い求めた。

『大介くんの怪我《けが》が早く治りますように　つばさ』

一文字ずつていねいに、つばさは絵馬に書きこんでいく。都合のいいときだけ神様にお願いしてしまうけれど、なにかせずにはいられない。

二年前、お祭りにきた住吉《すみよし》神社。

絵馬掛け所には、数えきれないほどの願い事があつまっていた。受験のこと、恋愛、仕事、家族、そして、病気やケガのこと。だれもがそれぞれに迷い、悩み、苦しみ、それでもけんめいに生きていこうとしている。

どこへ絵馬を掛けようか迷っていると、二年前につばさが自分で書いた絵馬をみつけた。

『目指せ！　普門館《ふもんかん》』

大胆《だいたん》なことを書いたなあ、と今になれば思う。吹奏楽部にとっての甲子園かあ、すごいなあ、すてきだなあ、なんて感激して、あのころは『普門館』なんてなかば気軽に書いたのだった。

ふと、その近くの絵馬に、『山田《やまだ》』の文字があるのが目にとまった。大介の絵馬だと気づいたつばさは、そこに書かれている願い事を読んで息をのんだ。

『小野《おの》を甲子園に連れていく！　一年・山田』

あの夜、どんなにたのんでも、とうとうおしえてくれなかった大介の願い事。そのそばにも『山田』の名前の絵馬がある。

『小野を甲子園に連れていく！　二年・山田』

『小野を甲子園に連れていく！　三年・山田』

いっきに涙があふれて、胸がつまって立っていられなくなって、つばさは手のひらで顔をおおいながらその場へしゃがみこんだ。

声をあげて、泣いて泣いて……。どれくらいたったのか、ようやく涙を止めることができたとき、つばさは森のことばをもう一度かみしめた。

だれかのエールはひとに力をあたえる。

つばさの心のなかに、ひとつの強い思いが生まれる。

大介にエールを送りたい。

大きな、大きなエール。

いちばん大きなエールを送りたい。


つぎの休日。

つばさはあることを胸に秘めて、音楽室へ向かう廊下《ろうか》をいそいでいた。準備のために陽《ひ》万里《まり》と連絡をとっていて、登校するのが予定より遅れてしまっている。

「小野さん、遅い！　時間厳守して！」

音楽室の戸を開けると、すぐさま三石《みついし》の鋭い声が飛んできた。

今日は授業はないが、吹奏楽部に休みはない。合奏練習のために、すでに部員たちは全員があつまっている。つばさは楽器をとりには行かずに、指揮台のそば、全員を見わたせる位置へ立った。

「みなさんにお願いがあります！」

三石たちともめているのに、無理かもしれないとためらったけれど……。やってみなければわからない。自分にできることをぜんぶやってみる。自分もせいいっぱいがんばらなければ、ひとをはげますなんてできない。

「みんなの演奏を聴かせたい人がいます！」

全員の視線が、つばさに集中した。

三石たちの目つきはますます険《けわ》しくなって、なにふざけたこと言ってんのよ、という表情であからさまに顔をしかめている。

16　ただ一人のために

　すでに通い慣れた病院のリハビリ室で、大介《だいすけ》は今日も、けんめいに歩行訓練や筋力トレーニングにはげんでいた。

　右足には、まだギプスがはまっている。医師や家族は、「今はしっかり治すことだけを考えなさい」とか「ゆっくり休みなさい」と勧める。きっとそれが正しいのだろう。でも、家でじっとしていられない。リハビリ室は休診日にも利用することができるので、今日もまたきてしまった。

　いつでも野球の練習を再開できるように、ケガしている右足以外はしっかり鍛練《たんれん》しておかなくては。ほかの筋肉まで衰えないように気をつけなくては。そんなことばかりを考えている。

夏の大会までには、足は完治しない。

そのことは、ほぼ確実になった。もうあきらめて、納得しなくてはならない。絶望的なんだとよくわかっているのに……。

ふと、目の前が陰ったのに気づいて大介が顔をあげると、いつ入ってきたのか、制服すがたの城戸《きど》が立っていた。

「なんだよ、きてんなら声かけろよ。練習は？」

「終わった」

笑顔を見せてたずねる大介とは逆に、城戸の表情はしずんでいる。

「そっか……。あ、そうだ」

大介は荷物のところへもどると、バッグから一冊のノートをとり出して城戸へわたした。なんだろうと首をかしげながら、城戸はノートをめくってみる。すると、そこには野球部員の名前とともにメモが書きこまれていた。

「これ……」

つぎつぎにページをめくってみると、ここが良くなったとか、ここは見なおしたほうがいいとか、それにはどんな練習法を試したらいいかとか、メモはきわめて詳細なものだった。しかも、それはレギュラーだけでなく、部員全員に対してつくられている。

「澤《さわ》に撮ってもらったビデオ見たんだけどさ、おまえ、ウェイトやりすぎでフォームくずれてるから、筋トレの量変えたほうがいいと思うんだ。あとさ、中島《なかじま》、スウィングんとき、体開きぎみだから、もうちょっと――」

「無理すんなよ」

早口で説明しようとする大介を、城戸はさえぎった。

「今は、おまえはキャプテンじゃなくていいんだよ」

「絶対、もどるから」

「だから！　そうじゃなくて！　俺といるときくらい、弱音吐けよ。今、俺はピッチャーじゃなくて、おまえの友達なんだよ」

城戸のことばに大介は口をつぐんで、じっとノートを見つめてから、

「俺……」

ふっと表情をくもらせて、つぶやきをおとした。

「碓井《うすい》先輩に呼んでもらったのに、俺のエラーのせいで甲子園《こうしえん》のがして……。キャプテンに選ばれても、こんなありさまで……。なんにも……、なんにも期待にこたえられなくて……」

「まだ終わってねーよ！」

叱《しか》り飛ばすように、城戸は声を荒らげた。城戸はぎゅっとまぶたを閉じて、うつむいてこぶしを震わせる。

今にも泣きだしそうな城戸を見ていると、大介の目のなかも熱くなってくる。城戸の思いやりが胸にしみる。バッテリーを組んで、試合に勝ったよろこびも、負けた試合の情けなさも、ずっといっしょに分けあってきた。ケガのことも、きっと自分のことのようにくやしく思ってくれている。

でも、大会に間に合わないのは、もう確実になったのだ。こうやって、アドバイスするくらいしかできることはない。

大介の目ににじんだ涙が、こらえきれずにこぼれそうになったとき。静けさをやぶってせわしない足音が近づいてきたかと思うと、制服すがたの女子生徒が小走りに入ってくるのが見えた。

「脇田《わきた》？」

城戸はおどろいて駆け寄る。どうしてここにいるんだ？　と城戸がたずねるよりも先に、陽万里《ひまり》は大きな声で大介に呼びかけた。

「大介、ちょっときて！」

大介と城戸が顔を見あわせているうちに、陽万里は向きを変えて再び戸口へ走っていこうとする。とまどっている大介たちを、「早く早く!」とせきたてる。わけがわからないまま、陽万里のいきおいにつられて、大介たちはあとへついていく。

城戸といっしょに、松葉杖《まつばづえ》をあやつりながら陽万里を追っていった大介は、渡り廊下まで出たところで目をみはった。

中庭に、白翔《しらと》高校の制服すがたが何十人もいる。

集団の後方、それぞれの手に楽器をたずさえた生徒たちのなかに、大介はつばさをみつけた。吹奏楽部《すいそうがく》の一同を前にして、大介はおどろきで声も出ない。となりで城戸もぼうぜんとしている。

「大介に、聴かせたいって」

陽万里はそう言うと、つばさに向かって大きくうなずいてみせた。陽万里からの合図をうけて、つばさもうなずき、そして、前に立つ杉村《すぎむら》と目を合わせてうなずく。

こちらへ身をのり出すようにしている大介のすがたをしっかりと見つめたあと、つばさはトランペットをかまえた。

大介のために選んだのは、コンクールの課題曲でもある『ブルースカイ』。

静寂のあと、杉村の手が大きく動いたのと同時に、まさしく扉を開け放って青空の下へ駆け出したような高らかなファンファーレが中庭いっぱいに響きわたった。

最初から、吹奏楽部員全員が進んでここへこようとしてくれたわけではなかった。

「みんなの演奏を聴かせたい人がいます！」――つばさがそう言っても、三石《みついし》たちはにらみつけてくるし、一、二年生も釈然《しゃくぜん》としない顔をしている。

「友達の野球部の人で、でも、ケガをしてしまって……。すごくいっしょうけんめいやってた人なんです。ケガしても笑ってて……、だけど、絶対つらいと思うし、負けそうになると思うんです。そういうとき、みんなの演奏を聴けば、元気になると思うんです」

つばさはけんめいにうったえて、頭を下げた。

「だから、お願いします！　みんなの力を貸してください！」

でも、反応は予想していた以上に冷ややかで、三石たちからは容赦《ようしゃ》のない非難がやつぎばやにあびせられた。

「なんで、そんなことしなきゃいけないわけ？」

「てか、そんなことしてるひま、うちらにないでしょ」

「吹部《すいぶ》をなんだと思ってんの？　あんたのわがままに、みんなを巻きこまないで」

三石たちの言うことは、どれももっともだった。

でも、大介に演奏を聴かせたい。それも、全員そろっての演奏を聴かせたい。

どう言えば説得できるのか、ことばが思いうかばなくて、つばさはだんだんとうなだれていく。

やっぱり全員なんて無理なのかも……。そうあきらめそうになったとき、上履《うわば》きの先に描かれている笑顔のマークが目に入った。ひとに力をあたえるには、自分もがんばること。まだたりない、もっとがんばれる。

つばさが自分を奮《ふる》いたたせて顔をあげようとしたとき、だれかがとなりにならんだ気配があった。

それは、水島《みずしま》だった。

「俺は、吹くよ」

迷いなく水島は言って、部員たちを見まわした。

「だから、みんなの力を貸してほしい」

みんなの注目が、つばさから、となりに立つ水島へうつる。

「水島くん……」

つばさも水島を見つめる。

水島が率先して賛成してくれるなんて思っていなかった。むしろ、よけいなことだと反対されるかもと思っていた。

「音楽でだれかの心を動かす。力をあたえる。そういう白翔の吹部を、もう一度、みんなで目指したい。だから……、俺からもお願いします」

水島はそう言うと、部員たちに向かって深く頭を下げた。

いさかいはあっても、みんな、白翔で吹奏楽がやりたくて入ってきた部員たちだ。根底には同じ気持ちを持っているはず。みんな、音楽を愛している。その気持ちをもう一度信じよう。そう水島は思っていた。まず自分から、部員たちを信じる。

「お願いします！」

水島のとなりで、つばさもあらためてうったえた。

「子どものころ観た、白翔の応援にあこがれて入部しました。初めは、吹けるだけで、音が出ただけで楽しかった」

今、なにを言えばいいのか、わかった。説得しようと考えるのではなく、自分の気持ちをつたえればいい。吹奏楽部に入って、いろいろな人たちに出会って学んだこと、感じたこと。すなおに、飾らず、それをことばにする。

「でも、気づいたんです。吹奏楽は、一人だけでどうにかしようとしたってだめなんだって。すべての楽器が心を一つにして、みんなの音が合わさって、それがだれかの心に飛んでいくんだって。だから、お願いします」

頭が床についてしまいそうなほどに、つばさも深々と頭を下げた。となりで水島も頭を下げつづけている。

なにを言ったって聞くものかという顔をしていた三石たちも、頭を下げるつばさと水島のすがたに、だんだんと表情をやわらげていった。どうしたものかと、無言でおたがいに顔を見あわせる。

ふいに、パン、パン、パンッと、大きな拍手が聞こえた。

部員たちはそちらをふり返り、つばさと水島も顔をあげると、隅のほうで椅子《いす》にかけて見守っていた杉村が立ちあがって拍手をしていた。だまりこんでいる部員たちへ、杉村は言った。

「たった一人はげますのに、なに躊躇《ちゅうちょ》してるの？　そんなんじゃ、全国に行って演奏したって、だれの心にも響かないよ」

しばらくのあいだ、また沈黙が流れる。そのあと、三石は椅子の上に置いてあったクラリネットを手にとると、

「木管《もっかん》、出かける準備！　早く！」

と、まわりの部員たちへ指示を出した。その声でスイッチが入ったように、部員たちがてきぱきと動きはじめる。

全員が賛成してくれたとつばさが連絡すると、陽万里は病院へ先まわりして、中庭で演奏する許可をとってくれた。急なお願いを聞き入れてもらえたのは、院長、事務長、看護師長などに、陽万里が頭を下げてまわってくれたおかげだった。

そうやって、みんながつばさに協力してくれて、ここまでくることができた。

空までさえぎるもののない中庭で、部員たちは『ブルースカイ』を奏《かな》でつづける。出来を競うためでなく、ただ、大介に聴かせるためだけに。元気を出してほしい、前を向いてほしい。その気持ちをこめて――。

演奏を耳にして、入院棟の窓があちこちで開いて、患者らしき人たちが顔をのぞかせた。意外な場所ではじまった吹奏楽にだれもがびっくりしていたが、窓を閉めることなく、そのまま聴き入っている。

きびきびとしたマーチのリズムにのって、空を羽ばたくようなフレーズが流れる。音がどんどんひろがっていく。

力いっぱいトランペットを吹きつづけるつばさの心も、音とともに空へ飛んでいく。

つばさの心は空へ舞い上がり、風にのって、海を越え、山を越えていく。

やがて、にぎやかな街中の光景がひろがり、そのなかに広々とした球場が見えてきた。

グラウンドに青々とひろがる芝生《しばふ》。そびえるようなスタンド席。

あれは、甲子園。

歓声が聞こえる。スタンドで、金管《きんかん》楽器が太陽をはじいて光っている。汗をにじませながら、つばさがトランペットを吹いている。よく見知った白翔のユニフォームがグラウンドに躍っている。そのなかに、大介もいる。黒いキャッチャープロテクターを付けて、力強く送球している……――。

いっそう勇《いさ》ましく高らかに奏でられる、フィナーレ。

余韻《よいん》を残して『ブルースカイ』が終わったとき、聴いていた人たちから惜しみない拍手が贈られた。

大介は頰《ほお》につたう涙をぬぐいもせずに、つばさを見つめる。城戸と陽万里も目をうるませながら、それを見守っている。

大介の胸に、たくさんの想いがあふれてくる。でも、それをどんなことばにすればいいのかわからなくて、ただ涙をあふれさせる。

「大介くん!」

つばさは一歩前へ出た。

「私にも見えたよ! 甲子園の空! 大介くんの後ろに!」

しっかりと大介のもとまでとどくように、つばさは声をはりあげる。

「私はスタンドにいる。大介くんが立ってる。きっと、もどれるよ！　グラウンドに！」

全員そろって一礼してから、吹奏楽部員たちは中庭をあとにした。拍手はずっと鳴りやまず、何人も手をふって送ってくれていた。

「気持ち、そろってたね」

帰り道、マルコが歩きながら言うと、

「ね！　今までで、いちばんよかったかも！」

と、佑衣《ゆい》もはずんだ声で答えた。ほかの部員たちも、興奮がさめやらない感じでおしゃべりしている。

「やっぱ、外で合奏すんの、気持ちいいー！」

「こういう感じ、ひさしぶりだね」

「てかさ、吹奏楽って、もともと外で吹くものって知ってた？」

「え？　そうなの!?」

みんなすがすがしい顔をして、そんなことを口々に言っている。音楽室にこもって、ワンフレーズごとに極限まで磨《みが》きぬく。そういう練習をくり返していたから、気持ちをこめて奏でることをいつのまにか忘れていた。

つばさは後ろのほうをゆっくり歩いていたが、着信音に気づいて、カバンから携帯電話を出した。

大介からメールがとどいている。

『届いた。ありがとう。』

ひとことだったけれど、それで充分だった。つばさは携帯電話を胸へ抱いて、微笑《ほほえ》みをうかべながら病院をふり返った。


リハビリ室にもどっていた大介も、送信完了の画面をたしかめて微笑んだ。

言いたいことがたくさんありすぎて逆に短いメールになってしまったけれど、でも、つばさにはきっとつたわっていると感じる。

よし、と気合いを入れると、再び、大介は歩行練習をはじめた。きっとグラウンドにもどれる。ふしぎとその確信が湧いている。

そんな大介のようすを、あかねは戸口の陰から見つめていた。さっき、ちょうど中庭で耳にした、つばさたちの演奏を思い出しながら――。

翌日の休み時間。

杉村の指導をうけるために音楽準備室へ向かったつばさは、戸を開けて目をみはった。

吹奏楽部の部員たちがあつまっていて、部屋に入りきれないほどになっている。

「おまえ一人じゃずるいから、全員、自主練させろって」

杉村はそう説明して、すし詰めの室内を見まわした。

あつまっているなかには、三石たちのすがたもあった。三石と目が合って、つばさは微笑みかける。三石はばつが悪そうに少しうつむいたけれど、それから顔をあげて、つばさへ微笑みを返してくれた。

17　一心不乱

杉村《すぎむら》だけでは手がまわらなくなり、各パートの卒業生の手も借りて練習にはげむうちに日はすぎていく。

季節は夏へ向かい、今日はコンクールのメンバーが決定される日――。

「では、コンクールメンバーの発表をします」

部員たちの前に立った杉村は、いつもにましてひきしまった表情で全員を見わたした。

部員たちも背すじをのばし、姿勢を正して待つ。

「まず、トランペット」

杉村は手もとの紙へ目をおとして、少し口調をゆっくりにして読みあげはじめる。

「ファースト、水島《みずしま》」

「はい！」

「セカンド、高橋《たかはし》」

「はい！」

「サード……、小野《おの》」

つばさは目をみはって、そのまま、まばたきするのも忘れてしまった。ほんとうに今呼ばれたのは自分の名前だったのか、都合のいい聞きまちがえをしたんじゃないかと、にわかには信じられない。

「小野！　返事は？」

「は、はいっ！」

杉村にうながされて返事をすると、ようやく、聞きまちがえじゃなかったとたしかめることができた。ほんとうに呼ばれたんだ、メンバーになれたんだ、とつばさは自分に言い聞かせるように心のなかでくり返す。

杉村はつばさと目を合わせたあと、また紙を見ながら発表をつづけていく。

そうして、すべてのパートの発表をすませると、

「以上、今年は、このメンバーでコンクールに挑みます」

杉村はそうしめくくってから、力のこもる口調でつづけた。

「奇跡はおこらない。まぐれもない。でも、練習は裏切らない。白翔《しらと》の誇り、見せつけましょう」

「はい！」

選ばれた部員も、選ばれなかった部員も、返事にためらいはなかった。みんな、表情は明るい。限界まで練習した。すべてを賭《か》けた結果なんだと、だれもが胸をはれるからだった。

「先輩の残してくれた白翔の旗を、今年こそは全国へつれていこう」

水島が前へ進み出て、凛《りん》とした声で部員たちへ語りかける。そして、壁に掲げられている旗をじっと見つめてから、

「小野さん、お願い」

と、つばさに声をかけた。ここぞ、というときに、合言葉をかけてみんなを奮《ふる》いたたせる役目。それを、つばさへ託した。

つばさはうなずいて、前へ出る。そのまわりで、部員たちが何重にも円陣を組む。

全員の目が、中心にいるつばさへそそがれる。

真剣なまなざしを全身に浴びると、メンバーになれたんだという実感が強まってくる。

それとともに、選ばれた責任、というものが湧きあがってきた。選ばれたメンバーには、選ばれなかった部員の思いまで背負っていく責任がある。そのことを、今、初めて、ひしひしと感じる。

つばさは大きく息を吸いこんでから、ありったけの声をはりあげた。

「一心不乱ッ！」

全員が、それにこたえる。

「一心不乱ッ！」

隅のほうへ寄ってそのようすを見守っていた杉村は、今の白翔は小野が空気をつくっているな、とひそかに口もとをゆるめた。

二年前の四月、つばさが初めて音楽室をのぞきにきた日のことが思い出されてくる。小柄で、おどおどしていて、一目見ただけで、ああ、この子向いてないわ、と判断したものだった。

入部してからも、まあ、一ヶ月もしたら泣きながら逃げ出すだろうと内心見切っていたのに、一ヶ月たっても辞めない。三ヶ月たっても辞めない。そうするうちに、だんだんと上達して、今ではごくまれに、水島が吹いているのかと聞きまちがえるほどの澄んだ力強い音を出しているときさえある。

まず、不可欠なものは、才能。杉村はそう信じてきた。

才能があってこそ、それが練習によって磨《みが》かれていく。もともと向いていない者がやたらはりきってみたところで、たかが知れている。時間のむだというものだ。

でも——。

つばさを知って、考えが変わった。

才能とか、向き不向きとかは、たしかに重要だけれど、ときには、そういうものを超えるなにかがあるのかもしれない。

指導者として未熟だな、と杉村は反省した。指導方法にはそれなりに自信をもっていたけれど、まだまだ学ぶべきことはたくさんある。

高校生は、おもしろい。三年間で、どんどん変わっていく。ときどき、びっくりするようなことをして、こちらが逆におしえられることも多い。

高校生は、ほんとうにすごい。

未完成な器《うつわ》のなかに、かぎりない可能性を秘めている。

「ありがとう」

合奏の配置についたところで、となりにいる水島が小声でつばさにそう言った。

「え？」

お礼を言ってもらうようなことしたっけ？　と、つばさが考えていると、水島はめずらしくためらいがちな口調でつづけた。

「中学んとき、全国行きたくて、ひとりで空回《からまわ》りして、ほかのメンバーとうまくいかなくなったことがあって――」

「そうなんだ……」

そういう話は、これまで聞いたことがなかった。白翔に入学前から有名な存在だったというわさは耳にしていたけれど、中学時代の思い出話が、水島自身の口から語られたことは一度もない。

「だから、小野さんが、同じ学年のトランペットでよかった」

水島はそう言って、つばさに向かって頬をゆるめる。

「うん、私も」

つばさは迷いなくうなずいた。

自分のなかの、卑怯《ひきょう》さ、弱さ。それらを水島がはっきりと指摘してくれたから、目をそらさずに向きあうことができた。いっしょうけんめいやるというのは、勇気が要ること。

それを水島からおしえてもらった。

「じゃあ、いくよ。課題曲、頭から！」

杉村が指揮台に立った。

つばさは背すじをのばして、トランペットをかまえる。入部当初は、少しの時間持っているだけで手首が痛くなってきた。でも、今では、長い時間の練習でも、左手だけでしっかりと水平に保ったままでいられる。


グラウンドへ一人で向かっていた大介は、音楽室の窓から流れ出てくる吹奏楽部《すいそうがく》の演奏を耳にして足を止めた。

曲名は知らない。でも、このところほとんど毎日同じ曲を演奏しているから、きっとコンクールでやる曲なんだろうなと察しがついている。大介《だいすけ》はしばらくその場にとどまって、音楽室のほうをながめる。ひときわトランペットが響くフレーズにふっと微笑みをもらして、それからまた歩きはじめた。

「キャプテン！」

グラウンドへあらわれた大介に気づいて、部員たちはストレッチや素振りをやめていっせいに駆け寄った。部員たちから歓声があがる。大介の右足からはギプスが消えて、左足と同じスパイクシューズが履《は》かれていた。

「治ったんですね！」

「もうだいじょうぶなんですか？」

「先輩！　お帰りなさい！」

部員たちは口々に言いながら、大介をとりかこむ。みんなが笑顔のなかで、マネージャーのあかねだけは涙をうかべていた。

「よかった……」

あかねはやっとそれだけつぶやいて、いくすじも涙を頰《ほお》へつたわせる。

「泣くことねーだろ」

大介は笑いながらあかねをなだめると、部員たちを見まわした。

「まあ、まだ百パーセントじゃないし、間に合わねーかもしんないけど、ここからまたいっしょに戦うから。行くぞ、甲子園《こうしえん》！」

「ウッス！」

大介をとりかこんだ部員たちは、そろって笑顔で声をあげた。

日を追うごとに陽射しはまぶしさをましていって、七月も下旬《げじゅん》に入っていた。

白翔高校の野球部は、何回か接戦になったものの地方予選を勝ち進んでいき、準決勝も僅差《きんさ》で制することができた。

いよいよ、明日は、決勝戦がおこなわれる。

たった一枚だけの、甲子園への切符を賭けて——。


決勝戦前日の夕方。

このところ暑い日がつづいているが、吹奏楽部は一日も休むことなく、朝早くから練習にはげんでいる。長時間にわたる練習でも、不満をもらす部員はだれもいない。『一心不乱』の合言葉そのままに、より良い演奏をつくりあげるため、ひたすらにそれぞれの楽器を奏《かな》でつづけている。

その日、つばさは練習が終わったあと、まっすぐに校門のほうへは行かずにグラウンドへ足を向けた。

吹奏楽部におとらず、野球部も連日練習漬けで、日没時刻も近いのにまだ白球を追い、威勢《いせい》のいいかけ声をたえまなく響かせている。

つばさはフェンスの裏へ行って、大介のすがたを目で追った。

練習がいっそういそがしくなったこともあって、ここしばらく、ほとんど話せていない。

コンクールのメンバーに選ばれたことはすぐに大介へメールで知らせたし、大介からもギプスがとれたとおしえてもらったけれど——。

大介は走るときもゆっくりで、まだ足をかばっているのがわかる。それでも、いちばん大きく声を出して、部員たちをはげましている。

つばさはふと横を見て、少し離れたところに、いつものようにジャージを着たあかねをみつけた。

あかねのまなざしは、じっと大介を追っている。つばさと同じように。

あかねのほうもつばさに気づいて、軽く頭を下げてきた。つばさも会釈《えしゃく》をする。立ち去ろうとしたあかねのもとへ、つばさは小走りに近寄っていくと、

「あの、これ……」

通学用カバンから、手のひらにおさまるほどの白いごく小さな紙袋をとり出して、あかねへさし出した。

「大介くんに、わたしてくれないかな」

紙袋の中には、錦織《にしき》りの布でつくられた住吉《すみよし》神社のお守りが入っている。

「……自分でわたさないんですか？」

あかねは手を出さず、つばさのさし出すお守りを見つめる。

「うん、でも、じゃましたくないから」

「……わかりました」

あかねは答えて、つばさの手からお守りをうけとった。

「ありがとう」

つばさは礼を言って、あかねに背中を向ける。

フェンス裏から離れて数メートルほど行ったとき、ふいに後ろから、あかねの大きな声が聞こえた。

「明日、応援、よろしくお願いします！」

はっとして、つばさはふり返る。足を止めたつばさに、あかねのまっすぐなまなざしが向けられている。

「せいいっぱい、やらせていただきます」

つばさもまっすぐに見つめ返してから、あかねへ微笑《ほほえ》みかける。それから一礼をして、グラウンドをあとにした。

校門へ歩いていく途中で空をあおぐと、太陽はすでに西の端までかたむいていて、みごとな夕焼けがグラデーションになってひろがっていた。

明日もきっと、よく晴れたいい天気になりそうだ。

あたりが紫色にかすみ、白いボールでさえ判別がつかなくなったところで、野球部の練習は終了した。

「大介先輩、これ……」

かたづけをはじめた大介に、あかねはつばさからあずかったお守りをさし出した。

「小野さんが、わたしてくれって」

あかねのことばに、大介はつばさのすがたをさがすように左右へ目をやる。あかねはそれを察して、

「練習のじゃましたくないから、って」

と、つけくわえた。

「そっか……、ありがとう」

住吉神社のお守りを選んだつばさの気持ちが、大介にもつたわってくる。二人で絵馬《えま》に書いた願い事を忘れていないというしるし。

お守りを手にとる大介の口もとに、やわらかな笑みがうかぶ。あかねはそれを見つめてから、だまってその場を立ち去った。

少し離れたところで、あかねはジャージのポケットをさぐった。中からとり出した物を、大介の視界には入らないように胸の前でそっと見る。

小さな紙袋に入ったお守り。それは、あかね自身が神社からもらってきた物だった。きっと優勝するようにとの願いをこめて、今日、練習のあとに大介へわたそうと用意してきたけれども――。

手のなかのお守りを、あかねはにぎりしめる。そして、大介へわたしに行くことなく、再びポケットへしまいこんだ。

18　心を染める空

南北海道大会、決勝戦の日。

白翔《しらと》高校、対、青雲《せいうん》第一高校。

くしくも、一昨年と同じカードになった。

今年の予想は、青雲第一のほうがやや有利。接戦の多かった白翔にくらべて、青雲第一はここまで比較的らくに勝ち上がってきている。

伝統校どうしの因縁《いんねん》の対決となった決勝戦は注目をあつめて、チケット売り場には行列ができるほどだった。予定時刻より前だおしで開門になるやいなや、待ちかねた観客がつぎつぎに流れこむ。内野席はほぼいっぱいになり、観客は手にしたタオルやうちわで顔をあおぎながら試合開始を待っている。

吹奏楽部《すいそうがく》も全員、学校に集合してから、楽器をたずさえて球場にのりこんだ。

白翔高校側の内野席に陣取って、準備をはじめる。

昨日の夕焼けが予告していたとおり、今日はとてもいい天気になった。これから気温もどんどん上がって、かなり暑くなりそうだ。

「つばさー！」

明るい声が聞こえたほうを見ると、陽万里《ひまり》が手をふっていた。陽万里はチアリーダーの衣装を着て、両手には大きなポンポンを持っている。

「つばさ見てて、私も応援したくなった！」

陽万里はそんなふうに言って、このあいだから、臨時《りんじ》にチアリーディング部へ参加しているのだった。

ノースリーブにミニスカートという衣装はよく似合っていて、はつらつとした陽万里を見ているとつばさも元気が湧いてくる。

ほかにも全校応援のためにと助《すけ》っ人《と》を買って出てくれた女子生徒が何人もいるそうで、チアリーダーは例年よりたくさんになった。そろいの衣装にポンポンのチアリーダーが何十人もあつまっていると、色あざやかな花が咲いたよう。これならグラウンドから見ても、きっと目立つ。

吹奏楽部、チアリーダー、応援団を中心にして、ほかの生徒たちがメガホンを手にまわりをかこむ。歴代の卒業生たちも大勢駆けつけていて、そのなかには野球部主将だった碓井《うすい》のすがたもある。

吹奏楽部の準備がととのったころ、ベンチ入りしていない野球部員たち数十人が、フェンスの前、内野席の通路に整列した。

「今日一日ッ！　応援ッ！　よろしくお願いしますッ！」

姿勢を正して、さっと帽子をとると、直角に体を折っておじぎをする。そのあいさつをうけて、つばさたちも正面を向くと、

「よろしくお願いします！」

大きな声であいさつを返して、深々と一礼をした。


内野席の斜め下方あたり、白翔高校のベンチでは、スターティングメンバーに選ばれた部員たちが準備を進めていた。ふだんの試合とはくらべものにならないほどたくさんの観客を前にして、はりあいもあるが、緊張感も高まっていく。

三年生を中心にしたメンバーのなかで、ただ一人だけ一年生で選ばれた神崎《かんざき》は、片足に

はめたレガース——すね当てをはずして、また付けなおしていた。

何百回とくり返してきて慣れた作業のはずなのに、今日はなかなかしっくりとはまらないらしく、脇のマジックテープを何回もめくって調節している。

やっと片足を付け終えて、ふうっとため息をおとした神崎に、大介《だいすけ》はもう片方のレガースをさし出した。

「あ、ありがとうございます」

大介を見あげる顔がこわばっている。

一年生にもかかわらず、神崎はこの地方予選でじつによく戦ってきた。体を張って、城《き》戸《ど》の球をうけ、ホームベースを守ってきた。でも、さすがに決勝戦は、準決勝までとは球場の雰《ふん》囲《い》気《き》がまったくちがう。

「だいじょうぶだ」

大介は笑顔で声をかけた。

一年生なのに重要な試合に出場するプレッシャーは、大介にはよくわかる。自分もまったく同じ経験をしてきたのだから。だからこそ、あえて神崎には、しっかりしろとは言わなかった。

「緊張してんのは、相手もいっしょだ。リラックスしていけ」

大介が微笑みながら言うと、ようやく神崎の顔が、ほっとしたようにほころぶ。そして、神崎みずから、積極的なことばを口にした。

「俺、絶対、守ります！」

「たのんだぞ」

生気がもどった神崎の背中を、大介は笑顔で軽くたたいた。


定刻になり、両校の選手たちがいっせいに走り出していって、ホームベース前に整列、帽子をとって一礼する。

先攻は、青雲第一高校。

白翔の選手たちは、それぞれの守備位置に散っていった。順に一人ずつ、場内アナウンスで名前とポジションが紹介されていく。エースナンバーをつけた城戸がマウンドにあがり、捕手の位置には神崎がついている。

「あの人じゃないんだね」

となりにすわっている水島《みずしま》に言われて、つばさはうなずいた。

「うん。でも、大介くんもいっしょに戦ってる」

ベンチのほうへ目をやると、大介が身振り手振りをしながら声をかけているようすが見える。

試合開始のサイレンが鳴りわたり、球審の合図でプレイボール。

つばさはかたずをのんで、城戸の一球めを見守る。相手校が攻撃しているときには、声や拍手による応援以外はしてはいけない規則になっている。トランペットを吹けないのがもどかしい。

決勝戦の緊張感にもかかわらず、城戸は立ち上がりからコントロールが冴《さ》えていた。つぎつぎに打者を打ち取っていく。一回表は、三者凡退《ぼんたい》。幸先《さいさき》のいい出だしだ。

スコアボードに、0が表示される。

城戸たちが全速力でベンチへ駆けもどっていったあと、スタンドでは、白翔の生徒たちが立ちあがった。

「みんな、いくよ!」

吹奏楽部員たちへ、水島が声をかける。

「はい!」

みんなはうなずいて、いつでも演奏をはじめられるように準備する。つばさもトランペットをかまえて、マウスピースへ唇をあてる。

私もいっしょに戦うんだ、とつばさは思った。グラウンドへ入ることも、ベンチへ行ってはげますこともできない。でも、気持ちはいっしょだ。

青雲第一がやや有利という予想だったが、白翔もゆずらなかった。

一回裏、白翔は得点できなかったが、二回表の青雲第一の攻撃も、再び、無得点におさえた。青雲第一はたびたび出塁するが、城戸は踏んばり、バックもよく守って、連続ヒットはゆるさない。

しかし、相手の攻撃をしのいではいるが、白翔のほうも得点ができない。

ゲームが中盤に入ってもスコアボードには0がならんで、二年前の夏の決勝戦と似たような展開になってきた。「前もこんな感じだったよね」とささやきあっている三年生たちもいる。

スリーアウト、また白翔の攻撃は出塁できずに終わり、吹奏楽部の演奏も曲の途中で止まった。部員たちは「ああーっ……！」と声をあげて、がっくりと肩をおとす。

「がっかりした顔しない！」

つばさは声をはりあげた。

「応援にきてるんだよ！　みんな、顔、あげて！」

「はいっ！」

つばさの気迫に圧倒されて、まわりにいる部員たちは上から釣りあげられたようにいっせいに胸をそらした。

そのようすを見て、水島が小声でつばさに言った。

「小野《おの》さんてさ、応援となると、人が変わったみたいになるよね」

「うん」

つばさは否定せず、うなずいた。

「がんばってるの見たら、自分もいっしょうけんめい応援したくなる。うまく言えないけど、でも、このことばにできない気持ちも、音にはこめられるから。この音が力になってつたわればいいいな、って」

つばさは汗をぬぐいながらも、ひたすらに前を見つめつづけている。

その横顔を見ながら、水島はふっと微笑《ほほえ》んだ。

野球部の応援に行くなんて、練習時間はけずられるし、炎天下《えんてんか》で楽器に負担をかけるし、内心ではあまりこころよく思っていなかったときもある。

でも、今、とても楽しい。音楽でエールを送れるのはすばらしいことなんだと、今さらながらに感じている。

終盤にいたっても、スコアボードには0の表示がつづいていた。

まぶしい陽射しは、容赦《ようしゃ》なくグラウンドに照りつける。さえぎるもののないマウンドで、城戸はしきりと汗をぬぐう。緊迫した投手戦にスタミナと気力をうばわれつつあるのか、城戸の顔つきが険《けわ》しくなってきた。

ストライクが入らない。城戸は二、三回肩を動かして、力をこめて投げた。が、判定はまたしてもボール。

フォアボールとなって、バッターは一塁《いちるい》へ走っていった。

青雲第一の吹奏楽部が、ここぞとばかりにテンポと音量を上げて勇《いさ》ましい曲を奏でる。チャンスだ、いけ、いけ！　そんな雰囲気の音楽で後押しをする。

つぎの選手がバットを左右へ振りながら出てきて、打席に立った。

城戸は深呼吸してから、力をこめて投げる。大きく曲がるカーブ。ところが、城戸の不調に動揺《どうよう》していたのか、神崎はボールを捕りそこなって後ろへこぼしてしまった。すかさず、一塁にいたランナーは二塁へ走る。ついに、スコアリングポジションにランナーが入ってしまった。

城戸の迷いがそのままあらわれたように、つぎの投球はまん中高めへ入る。青雲第一のバッターはそれを見のがさず、鋭いスウィングで弾き返した。打球は内野を破り、悠々《ゆうゆう》と外野の端まで飛んでいく。

二塁にいたランナーはためらわずに駆け出して、全速力で三塁をまわり、ホームイン。

青雲第一の内野席は、これで勝負あった、もう勝ったと言わんばかりによろこんで飛び跳ねている。

白翔のベンチから、タイムがかかった。

伝令がマウンドへ走っていく。城戸のまわりにナインがあつまる。城戸に声をかけ、背中や肩をたたいてはげましている。

「だいじょうぶかな」

佑衣《ゆい》が心配げにつぶやいた。

「守ってるときも、吹けたらいいのにね」

マルコもそう言って、じっとしていられないといった表情をうかべている。白翔の生徒たちもせいいっぱい声援を送っているが、相手校の応援にかきけされてしまう。

つばさは声も出せない。

マルコの言うとおり、こんなときこそトランペットを吹けたらいいのに。でも、できない。ひざへ置いたトランペットを持つ手に、つばさは力をこめる。

白翔高校のベンチにも、不安げな空気がただよっていた。

控えの選手たちもしきりとマウンドへ向かって声をかけているが、あせりがにじむのをかくせない。先ほどからブルペンでは、城戸につぐ二番手のピッチャーが投球練習をはじめている。

このピンチをどうのりきるか。

監督はじっと考えて、決心をかためた。

「山田《やまだ》」

ベンチから身をのり出している大介へ、監督は静かに呼びかけた。はっとして大介はふり向くと、

「はい！」

姿勢を正して、監督の正面へ立った。


マウンドを見つめているつばさの耳に、場内アナウンスが聞こえてきた。

『選手の交代をお知らせします』

白翔の生徒たちが、思わずスピーカーのほうへ目を向ける。

『白翔高校、キャッチャー神崎くんに代わりまして、2番、山田くん。2番、山田くん』

場内アナウンスが流れてまもなく、大介がキャッチャーマスクを手にしてベンチから出てきた。

「つばさ！」

マルコや佑衣たちが声をはずませ、つばさをゆさぶる。

ベンチへさがっていく神崎が、大介に向かって頭を下げた。大介はねぎらうように神崎の肩に手をかける。

大介はキャッチャーマスクをかぶって、ホームベースの後ろに立った。

大介くんが試合にもどってきた。とうとう、もどってこられたんだ……。何度も何度も心から願った光景を前にして、つばさの目に涙がにじんでくる。大介のすがたが白っぽくかすむ。

手の甲で目もとをこすって、つばさは涙をふりはらった。泣いてちゃいけない。この光景をしっかり見なければ。そして、しっかりと応援しなければ。

「締まっていくぞーっ！」

大介は大きく両手をひろげて、再びそれぞれの守備位置についた選手たちへ声をかけた。

「おおーっ！」

グラウンドから、いっせいに気合いのこもった声が返ってくる。

マウンドに一人立つ城戸の顔からも、さっきまでの険しさが消えていた。大介を見つめる目に笑みがうかんでいる。

青雲第一のつぎのバッターが、打席に入った。

ホームベースの後ろに屈んでかまえる大介が、マウンドへサインを送る。城戸はうなずいて、投球フォームに入る。真上からふりそそぐ陽射しにあぶられて、暑い。でも、暑いのは相手校も同じ。

城戸のくり出した球は、乾いた小気味いい音をたててキャッチャーミットへおさまった。大介がかまえる場所へ、城戸の球はつぎつぎに鋭く刺さる。

「ストライク！　バッター、アウト！」

球審が宙でこぶしをにぎった。三振にたおれたバッターが、バランスをくずして打席にひざをつく。

ランナー、二塁残塁。青雲第一の内野席では吹奏楽が途中で鳴り止み、白翔側からは歓声と拍手がおこった。

いよいよ、九回裏。

白翔の攻撃がはじまる。

つばさは立ちあがって、まわりの吹奏楽部員たちへ声をかけた。

「白翔の番だよ！」

「はい！」

明るい返事が、つばさのもとへ返ってくる。

ピンチを切りぬけたとはいえ、1点先行されている。でも、がっかりした顔をしている部員はもう一人もいない。


白翔のベンチ前では、大介を中心にして、十八人の選手が円陣を組んでいた。大介は全員の顔を見まわして声をかけた。

「1点で同点、2点でサヨナラ。取り返すぞ！」

「おう！」

選手たちはそれぞれ、ベンチの中へもどったり素振りをはじめたりしたが、城戸だけはその場に残っていた。

「遅ぇーよ」

大介の目の前に立って、城戸はにらんでつぶやく。

「わりぃ。待たせた」

むっとしたように唇をひきむすんでいる城戸へ、大介が微笑みかけた。

「……ありがとな」

城戸も笑みを返そうとしたが、あふれてきた涙に頬《ほお》がゆがんでいく。泣くなよ、と大介は軽く城戸をこづくと、

「まだ終わってねーよ」

と、以前、城戸からもらったのと同じことばを返して、涙をぬぐっている城戸の肩へ腕をまわした。


白翔の攻撃開始とともに、吹奏楽部の演奏がはじまった。

応援団のきびきびとした動きにあわせて、生徒たちはメガホンをたたきながら声をかぎりに「押せ押せー!」「かっ飛ばせー!」とさけんでいる。陽万里たちのチアリーダーも疲れなどみじんも感じさせず、あざやかな色のポンポンを笑顔で振り、はずむように踊りつづける。

一人めのバッターが、打席に立った。

キャッチャーからのサインに、ピッチャーは何回も首を横へふっている。ようやくうなずいて、一球め。

ようすをさぐろうとするように甘く入った球を、バッターは鋭くとらえた。打球は低く

地面を飛んでいき、バッターは一塁へつっこんでいく。

白翔の生徒たちから拍手と歓声がおこり、ベンチにいる選手たちもこぶしをつきあげてよろこんでいる。

ネクストバッターズサークルに控えていた大介は、わきおこる歓声を聞きながら、バッティンググローブのマジックテープを調節しなおした。グローブには、すでにかすれているが『甲子園《こうしえん》に行く!』の文字が読める。碓井から託されながら、いまだにかなえられていない願い。

二年前もこうだったな……、と大介は思い出していた。

この回をのりきれば延長戦へもちこめるというところだったのに、自分にミスが出て負けてしまった。息づまる投手戦。追いつめられた九回裏。二年前の夏と似たような展開になっている。

大介は深呼吸をすると、碓井のグローブをはめた手でバットをつかんで、ゆっくりと打席へ向かって歩きはじめた。

『バッター、2番、山田くん、山田くん』

場内アナウンスとともに、大介が打席へ入る。トランペットのパートが途切れたとき、となりに立つ水島がつばさにささやいてきた。

「つぎのソロ、小野さんにまかせる。吹ける?」

これから演奏する予定になっているのは、『Our Boys Will Shine Tonight』。

二年前の決勝戦でも、大介が打席に立ったときに演奏していた曲。そして、つばさがマナー違反をして勝手に一人だけで吹いてしまった、あの曲。

いつもは水島が吹いているソロだが、つばさはためらわずうなずいた。

太陽に焼かれて、肌が熱い。暑い空気のなかで吹きつづけて、息が切れている。何回もリップクリームを塗っているけれど、それでも唇が乾いて痛い。

でも、吹いてみせる。


大介は足もとの土を軽くスパイクでならすようにしてから、立ち位置を定める。そして、肩を数回動かしたあと、打席でバットをかまえた。

一球め、内角低めに入るストレート。

見のがして、ストライク。

大介はバットをおろして、ふーっと息をつく。

それから、さりげなく胸へ手をあてた。ユニフォームの下には、つばさからもらったお守りがさがっている。

白翔の吹奏楽部が奏でるアップテンポの曲はもりあがっていき、トランペットのソロパートが近づいてきた。

つばさは一度呼吸をととのえてから、マウスピースへ唇をおしあてる。そして、全身から力をふりしぼって、息を吹きこんだ。

つばさのトランペットが響きわたる。スタンドへ、グラウンドへ、大介の立つ打席へ、空へ向かって、どこまでも音が飛んでいく。

今、トランペットがあってよかった、とつばさは吹きながら思った。うまく気持ちを言えないから、私にはトランペットがあってよかった。

大介くんから、ずっと勇気をもらってた。

大介くんを見ようとすると、前を向けた。

その気持ちを、大介くんと出逢《であ》ってからのすべての気持ちを、今、このトランペットにこめる。

信じることは、きっと力になる。

きっとできると、信じてる。

大介くんを信じてる。

ああ……、小野のトランペットだ。

大介は打席の土を軽くならしながら、そう思った。内野席のほうを見なくても、つばさが吹いているのだとわかる。

子どものころから野球のことばかり考えてきたから、音楽のことなんてまったくうとい。でも、わかる。一年生のころには、そりゃあ一人だけへただからわかるのさ、と城戸には笑われたものだったけれど――。

でも、今は、へたで判別がつくんじゃない。

つばさのトランペットだけは、大介の耳には、まるでことばのように――いや、ことば以上にありありと、まるで心をまるごとうけとっているように聞こえる。どんな気持ちがこめられているか、なにを語ろうとしているか。だから、大介には、つばさの音だけはわかるのだ。

大介の胸に、つばさとの思い出がよみがえってくる。

けんめいに腹筋していたつばさ。定演で吹けなかったと泣いていたつばさ。二年前の大会で、一人だけでトランペットを吹いてくれたこと。好きと告《つ》げてくれたこと。同志の握手。そして、病院の中庭で演奏してくれたこと――。

　追いつめられた九回裏。

　二年前の夏と同じような展開。でも、この二年のあいだにいろいろなことがあった。似ていても、二年前とはちがう。

　大介はしっかりと両手でバットを持ちなおして、マウンドに立つピッチャーと向きあった。ピッチャーは大きく振りかぶる。大介は目をこらす。

　そのとき、大介のまわりから、ふっとすべてのざわめきが消えた。静けさのなかで、つばさのトランペットだけが聞こえる。

　トランペットの音が、大介の耳に、つばさの声になって聞こえてくる。

　きっと、できる。

　信じてる。信じてる。

　ピッチャーの腕からくり出された白い球を、大介の目がとらえた。スローモーションのようにゆっくりと、はっきりと球が見える。

　ここだ、と思った瞬間、大介はバットを思いきり振った。

　つばさはありったけの気持ちをこめて、トランペットを吹きつづける。

信じることは、きっと力になる。

大介くんはきっとできると、信じてる。

信じてる。

信じてる。


球場に、真夏の空気をまっぷたつに切りさくような快音が響いた。

白翔側の内野席から、地鳴りのような歓声がわきあがる。はっとして、つばさはマウスピースから唇を離した。

白い打球は、高々と宙へ舞い上がっている。

そして、意志を持った生き物のようにぐんぐん遠くまで飛んでいって、やがて、外野スタンドへと吸いこまれた。

『ホームラン！　サヨナラホームラン！　白翔高校、十年ぶりの甲子園です！』

実況席のアナウンサーが興奮してさけぶ。

大介はガッツポーズをとって歓声にこたえながら、すでに茶色くなったベースを確実に踏んでいく。

一塁《いちるい》にいたランナーがホームイン。つづいて大介もホームベースを踏みしめると、ベンチから飛び出して待っていた選手たちが駆け寄っていった。

白翔側の内野席でも、みんながバンザイしながら飛び跳ねてスタンドがゆれる。

マルコや佑衣が甲高《かんだか》い歓声をあげて、つばさへ抱きつく。陽万里も顔をくしゃくしゃにしながらやってきて、痛いほどつばさを強く抱きしめる。

とめどなく涙があふれる。熱くかすむつばさの目に、雲ひとつなく澄みきった空の青さがしみる。

この空は、夢で見た空より、ずっとずっと高くて青い。

あのときの私におしえてあげたい――つばさは涙で頬を濡《ぬ》らしながらそう思っていた。うつむいて泣いていた私につたえたい。まぼろしじゃなかったよ、って。

甲子園までつながっている、この空。

高く、高く、青い空。

体じゅうを染めあげ、心のなかまで染めあげていくほどに、はてしなく高く、どこまでも青く――。


試合終了後、球場から学校へもどったあと。

吹奏楽部員はみんなかたづけを終えて帰っていったけれど、つばさはまだ残って展示ケースをながめていた。

何度も、何度も、このケースの中を見ては思い描いていたこと。その半分が、ようやく実現する。

静かな廊下《ろうか》に足音が聞こえてふり向くと、大介が近くまできていた。

ところどころに土のついたユニフォームすがたのままだったけれど、その胸もとには、金色をしたメダルが輝いている。優勝のメダル。すべてを賭《か》けて目標を達成したという勲《くん》章《しょう》だった。

ゆっくりと歩み寄ってくる大介へ、つばさは微笑《ほほえ》みかける。

「おめでとう」

「うん」

大介も微笑みながら、つばさのとなりへ立った。

ふたりならんで展示ケースをながめる。桜の花びらが舞う入学式の日、出逢ったときと同じように。

「一年のときにした約束。時間かかったけど……、ここまでこれた」

展示ケースの中へ目を向けたままで、大介はつぶやいた。やっとここへ、野球部の優勝盾を新しく飾ることができる。

「うん」

つばさはうなずいて、それきり口を閉ざした。大介もだまって展示ケースをながめつづける。無言でいても、おたがいに同じことを感じているとつたわってくる。

ほんとうに、長くかかった。いろいろなことがあった。

でも、たどりつくことができた。

おだやかな沈黙が流れたあと、大介はつばさのほうへ向きなおった。同じように向きなおったつばさを見つめながら、小野に言おうと決めてたことがあるんだ」

「甲子園決まったらさ、小野に言おうと決めてたことがあるんだ」

胸にあふれた、たくさんの想い。

それをどう言いあらわせばいいのか。自分でもさだかではないものを、ずっと、ずっと考えていくうちに、やがて、行きついたのはひとつのことばだった。

「俺……、小野が好きだ」

大介のことばに、つばさは目をみはる。

つばさの胸にもたくさんの想いがあふれてくるけれども、告《つ》げたいことばは、やっぱりひとつだった。

「……うん、私も……、大好き」

手をのばせばとどく距離で、ふたりは見つめあう。大介の顔に笑みがうかび、つばさの口もともやわらかくほころぶ。

大介の手がのびてきて、つばさの手をとる。二年前の握手とはちがう。手をとりあって、じっと体温を感じあう。

窓から西陽が射してきて、オレンジ色の光がふたりをつつみこむ。

まぶしい輝きのなかで、ふたりはゆっくりと近づいていく。

おたがいの息づかいさえ聞こえる距離へ、それから、瞳におたがいだけが映る距離へ。

そして、もっともっと近く——。

〜 エピローグ 〜

全日本吹奏楽《すいそうがく》コンクール、北海道大会の会場。

ほぼ満員になった客席からの拍手にむかえられて、杉村《すぎむら》がステージへあらわれた。

『つづきまして、7番、札幌白翔《さっぽろしらと》高等学校。課題曲Ⅳ、「ブルースカイ」。自由曲、バレエ音楽「シバの女王ベルキス」。指揮は、杉村容子《ようこ》です』

アナウンスのあと、杉村が一礼をすると、拍手はいっそう大きくなる。

その拍手を、つばさもステージの上で聞いていた。あの赤いブレザーを着て、つばさも今、あこがれたステージに立っている。

杉村が指揮棒をかまえながら、すばやく全員を見まわした。つばさもトランペットをかまえて、マウスピースへ唇をおしあてる。

満員の客席。まぶしいライト。緊張は高まるけれど、もう怖がったりしない。

いっしょうけんめいやるのは、ときにはつらくて、勇気の要ること。一歩一歩積み重ねてきた、三年間のすべてをそそぎこんで吹く。

静寂のあと、杉村の手が舞うように動いたのと同時に、壮麗《そうれい》な音の綾織《あやお》りがホールいっぱいにひろがった。


かたずをのんで待つ客席に告げられる、審査結果のアナウンス。

『札幌白翔高等学校――。ゴールド、金賞！』


でも、この道はまだ終わりじゃない。

つぎは、普門館《ふもんかん》へ――。


― END ―

集英社オレンジ文庫をお買い上げいただき、ありがとうございます。
ご意見・ご感想をお待ちしております。

● あて先
〒101-8050　東京都千代田区一ツ橋2-5-10
集英社オレンジ文庫編集部 気付
下川香苗先生／河原和音先生

映画ノベライズ

青空エール

集英社
オレンジ文庫

2016年6月28日　第1刷発行

著　者　下川香苗
原　作　河原和音
発行者　鈴木晴彦
発行所　株式会社集英社
〒101-8050東京都千代田区一ツ橋2-5-10
電話【編集部】03-3230-6352
【読者係】03-3230-6080
【販売部】03-3230-6393（書店専用）
印刷所　大日本印刷株式会社

※定価はカバーに表示してあります

ISBN 978-4-08-680090-7 C0193

集英社オレンジ文庫

きりしま志帆

原作／八田鮎子　脚本／まなべゆきこ

映画ノベライズ

オオカミ少女と黒王子

友達に「彼氏がいる」と嘘をついているエリカ。
証明するために、街で見かけたイケメンの盗撮写真を
みせたのだけど、それは同じ学校の“王子様”佐田恭也だった！
彼氏のフリをしてくれるというけれど、
エリカの絶対服従が条件で――!?